Katelyn Faith

Mad About You

Band 2

Erotischer Liebesroman

Deutsche Erstausgabe

November 2014

Postfach 10 04 55
45404 Mülheim a.d. Ruhr

www.katelynfaith.de

katelyn@alphafrau.de

Sie finden mich auch auf Facebook:

www.facebook.com/autorinkatelynfaith

Cover unter Verwendung eines Motivs von www.fotolia.de

Mad about you - Band 2

Fortsetzung der Novelle »Mad about you«.

Nach ihrer Scheidung glaubt Lilly, endlich am Ziel ihrer Wünsche angekommen zu sein – bei Braden. Doch nicht nur Lillys Ex-Mann versucht, ihr einen Strich durch die Rechnung zu machen. Auch Braden hat eine Vergangenheit, die sich den beiden in den Weg zu stellen droht. Und dann begeht Braden auch noch einen verhängnisvollen Fehler ...

Braden

»Seit wann verlangt Ihr Mann das von Ihnen, Mrs Rutherford?« Meine Kiefermuskeln schmerzen von dem verzweifelten Versuch, dieser Klientin den gebotenen Ernst entgegenzubringen. Ständig muss ich an ihr vorbei zur Tür starren und an etwas Dramatisches denken, um sie nicht mit albernem Gelächter zu unterbrechen. Es ist eine verdammt harte Prüfung.

»Seit zwei Jahren.« Mrs Rutherford wirkt auf dem Stuhl vor meinem Schreibtisch wie ein winziger Vogel. Verängstigt. Und das ist vermutlich verständlich, wenn man bedenkt, was ihr Ehemann angeblich seit Jahren von ihr erwartet.

»Immer? Oder nur an besonderen Tagen oder zu gewissen Zeiten?« Ich streiche die Notiz durch, die ich mir gemacht habe, und stütze das Kinn auf, während ich ihr in die Augen sehe. Sie knetet die Hände auf dem Schoß und saugt die Lippen ein. »Ständig. Also immer. Jeden Tag. Wenn er von der Arbeit kommt, verlangt er, dass ich das Kostüm trage. Außerdem spricht er nie Englisch mit mir, sondern nur diese bescheuerte Sprache.« Verzweifelt hebt sie beide Hände und lässt sie wieder sinken. »Bitte, Mr Bennet ... wenn das kein Scheidungsgrund ist, was soll denn dann einer sein?«

»Und Ihr Mann möchte sich nicht scheiden lassen, wenn ich Sie richtig verstanden habe?«

»Nein.« Sie schüttelt vehement den Kopf. »Er ist zufrieden mit unserem Leben, so wie es ist. Kein Wunder. Wo sollte er sonst eine Frau finden die bereit ist, diesen Wahnsinn mitzumachen?«

Ich gebe mir echt Mühe, aber ich kann nicht mehr. Zumindest ein breites Grinsen erlaube ich mir, um keine Kieferstarre zu riskieren. »Und Sie machen das jetzt seit zwei Jahren mit, richtig?«

»Ja, genau. Ist das ein Problem? Ich meine, könnte der Richter sagen, weil ich das so lange geduldet habe, sei es jetzt kein Scheidungsgrund mehr?« Sie reißt die Augen auf und starrt mich an. Mrs Rutherford ist 57 Jahre alt, trägt die grauen Haare hochgesteckt und ist nicht geschminkt. Ich kann sie mir nicht in einem Kostüm vorstellen. Schon gar nicht in einem *Klingonen*-Kostüm. Ich glaube, dieser Fall schafft es locker auf die Liste der zehn kuriosesten Scheidungsfälle Englands, und das will was heißen.

»Das könnte tatsächlich ein Punkt sein, aber ich glaube, kein Richter dieses Landes würde erwarten, dass Sie zu Hause in einem Klingonen-Kostüm herumlaufen und sich mit ihrem Mann ausschließlich auf Klingonisch unterhalten. Ist das überhaupt eine Sprache? Wo kann man die denn lernen?« Ich beiße mir heftig auf die Lippe und versuche, so ernst wie möglich zu gucken.

»Im Internet! Mein Mann hat auch jede Menge Bücher darüber. Ich glaube, er ist inzwischen sogar richtig gut darin.«

»Was macht Ihr Mann beruflich?«, frage ich der Ordnung halber und ergänze meine Notizen.

»Er ist Programmierer. Eigentlich ist er Elektriker, aber er hat sich vor einigen Jahren selbst umgeschult, sozusagen. Als er arbeitslos war, vertiefte er sich in sein Hobby und saß Tag und Nacht vor seinem Computer. Seit drei Jahren hat er eine feste Anstellung. Zum Glück!«

»Ich kann Sie sehr gut verstehen, Mrs Rutherford. Aber warum kommen Sie erst jetzt? Wieso haben Sie das zwei Jahre lang mitgemacht?«

Sie zuckt mit den Achseln und sieht an mir vorbei durchs Fenster. »Ich weiß nicht. Ich dachte, es wäre eine Phase und würde irgendwann vorbeigehen. Ich meine, jeder hat doch mal so eine Phase im Leben, oder nicht?« Sie schaut mich wieder an.

Ich hebe vorsichtig die Schultern. »Ja, vielleicht … ich weiß nicht …« Oh verdammt, was soll ich dazu sagen? Muss sie denn wissen, dass sie zu gutgläubig war? Dass sie mir leidtut? Nein, sie erlebt genug Mist, da braucht sie keinen überheblichen Rat von einem Anwalt. »Doch, ich glaube, jeder Mensch hat solche Phasen. Da haben Sie ganz recht. Aber wenn er immer noch keine Anstalten macht, etwas zu ändern, sollten Sie jetzt an sich denken und ihm ein Ultimatum stellen. Ich werde Ihnen dabei helfen, aber ich sehe ehrlich gesagt keine Probleme, die einer raschen Scheidung im Weg stehen könnten.«

»Ich war nie berufstätig. Wir haben vier Kinder, der Jüngste wohnt noch zu Hause und macht eine Ausbildung. Daher weiß ich nicht ...«

»Keine Sorge, Mrs Rutherford. So wie die Sache liegt, wird Ihr Mann Ihnen Unterhalt zahlen müssen. Das Haus gehört Ihnen beiden?«

»Ja, wir haben den Kaufvertrag damals gemeinsam unterschrieben. Vor dreißig Jahren. Ich ...« Sie beginnt zu schluchzen. Mein Herz zieht sich zusammen. Ich hasse weinende Frauen. Ich fühle mich unwohl in ihrer Anwesenheit, vor allem, wenn ich nicht helfen kann. Langsam strecke ich den Arm aus, um sie nicht zu verschrecken, und greife nach ihrer Hand. Sie schnieft unterdrückt.

»Dreißig Jahre. Das muss man sich mal vorstellen. Und dann so was. Wegen einer dämlichen Fernsehserie kann man doch nicht sein ganzes Leben auf den Kopf stellen! All unsere Freunde haben sich von uns abgewendet, niemand kommt mehr zu Besuch. Weil keiner Lust hat, diese verrückte Sprache zu lernen und

Hank sich weigert, in seiner Freizeit eine andere zu sprechen. Ich verstehe das einfach nicht! Wir hatten nie solche Probleme, dreißig Jahre lang nicht. Und jetzt …«

»Vielleicht kommt er zur Besinnung, wenn Sie ihn verlassen«, sage ich ruhig. »Ziehen Sie vorübergehend aus. In ein Hotel, zu Ihrer Familie, einer Freundin … Wenn er allein ist, merkt er vielleicht, dass Sie ihm fehlen und kann wieder die richtigen Prioritäten setzen. Manchmal vermisst man jemanden doch erst, wenn er gar nicht mehr da ist. Wenn man glaubt, ihn verloren zu haben.«

Wieso muss ich ausgerechnet jetzt an Lilly denken? Auch sie hatte ich verloren geglaubt – fünf lange Jahre. Dann war sie plötzlich wieder da, und jetzt werde ich sie nie wieder loslassen, das ist sicher. Der Gedanke an die schönste Frau der Welt löst Wärme in mir aus. Und ein im Moment leider höchst unpassendes Zucken in unteren Körperregionen, das ich mir dringend verkneifen sollte.

»Meinen Sie wirklich, dass uns das helfen könnte?« Mrs Rutherford tupft sich eine Träne aus dem Augenwinkel und verzieht den schmalen Mund zu einem gequälten Lächeln.

»Sie haben nichts zu verlieren, oder? Wenn Sie sich scheiden lassen, sind Sie sowieso weg. Und zwar für immer. Ziehen Sie aus und stellen Sie Bedingungen. Dann hat Ihr Mann eine Chance, sich zu ändern.

Einzusehen, was er Ihnen angetan hat. Wie soll er wissen, was er damit anrichtet, wenn Sie es jahrelang klaglos mitgemacht haben?«

Mrs Rutherford beruhigt sich langsam. Ihre Mundwinkel zucken. »Vielleicht haben Sie recht«, sagt sie leise. »Es ist zumindest einen Versuch wert.«

»Ich glaube, es gibt noch Hoffnung für Sie. Wenn Sie möchten, spreche ich mal mit Ihrem Mann«, biete ich ihr an.

Sie lacht leise. »Können Sie denn *Klingonisch?*«, fragt sie, und ihre Augen funkeln wieder.

Erleichtert stimme ich in ihr Lachen ein und lehne mich zurück. »Noch nicht. Aber ich würde es lernen, falls das wirklich notwendig ist.«

Sie zwinkert mir zu und wirkt plötzlich zehn Jahre jünger. »Danke, Mr Bennet. Ich ahne langsam, warum Sie als einer der besten Anwälte gelten. Jedenfalls sind Sie ganz bestimmt einer der Nettesten!«

Ein Lächeln unterdrückend stehe ich auf und schüttle ihre angebotene Hand. »Danke, ich gebe mir Mühe. Rufen Sie mich an, wenn Sie meine Unterstützung brauchen, okay?«

»Ja, das werde ich. Vielen Dank. Bis bald!«

Die winzige Frau dreht sich um, und der Anblick ihrer aufrechteren Haltung, der strafferen Schultern löst ein warmes Gefühl in meinem Bauch aus. Ein Fall mit Hoffnung. Neun von zehn Frauen, die zu mir kommen, sind hoffnungslose Fälle. Bei Mrs Rutherford hatte ich von Anfang an ein gutes Gefühl. Trotzdem möchte ich Mr Rutherford unbedingt kennenlernen. Ich bin entsetzlich neugierig auf diesen Mann.

»Braden?« Maggy steht mit einem Stapel Briefe in der Hand in meiner Bürotür. Ich setze mich wieder und sehe zu ihr hoch. »Ja?«

»Hier ist die Post. Und draußen wartet Mrs Wincester. Deine Lieblings-Klientin.« Maggy verzieht den rot bemalten Mund zu einem breiten Grinsen, und ich lache.

»Fünf Minuten, okay? Ich muss noch ein paar Notizen …«

»Ist gut.« Meine Sekretärin verschwindet und zieht die Tür hinter sich zu. Mrs Wincester. Seit vier Jahren betreue ich sie, weil ihr Mann sich standhaft weigert, sich scheiden zu lassen. Er hat sie mehrfach betrogen, aber weil sie es jahrelang mitgemacht hat, bevor sie beschloss, die Ehe zu beenden, hat sie nun schlechte Karten. Noch zwei Jahre wird sie unter Umständen ausharren müssen, bevor die Ehe auch ohne seine Einwilligung geschieden werden kann. Und in dieser Zeit darf sie nicht mal eine neue Beziehung eingehen, da sie während der Ehe nicht gearbeitet hat und auf den Unterhalt ihres Ex-Mannes angewiesen ist. Kopfschüttelnd ziehe ich ihren Ordner hervor, der inzwischen den Umfang einer Jahresabrechnung hat, und lege ihn auf den Schreibtisch. Dann atme ich tief ein, um mich zu konzentrieren. Ganz oben auf dem Poststapel, den Maggy gebracht hat, liegt ein Brief, dessen Absender meinen Herzschlag beschleunigt.

Mir war klar, dass Jonathan die Scheidung von Lilly nicht einfach akzeptieren würde. Stolz und herrschsüchtig, wie er eben ist, und noch dazu ein Anwalt, der ganz bestimmt nicht sein halbes Vermögen seiner Ex-Frau nachwerfen will. Lillys Scheidung war schmutzig und es tut mir leid, dass ich ihr die miesen Details nicht ersparen konnte. Ich kann mir nur ausmalen, wie sehr es sie getroffen haben muss, vor Gericht von der Affäre ihres Mannes mit ihrer besten Freundin zu erfahren, die obendrein nun auch noch ein Kind von ihm erwartet. Aber so gern ich mich gleich darum kümmern würde, um Lillys Scheidung endlich über die Bühne zu bringen, damit sie ganz und gar mir gehören kann – dieser Brief muss leider warten. Sonst kann ich mich nicht auf Mrs Wincester konzentrieren, und die Dame hat meine volle Aufmerksamkeit verdient. Schließlich hat sie schon eine nicht unbeträchtliche Geldsumme bei mir gelassen.

Nachdenklich lasse ich das Kuvert durch meine Hände gleiten, doch als ich gerade entschlossen nach dem Brieföffner greife, öffnet sich meine Bürotür. Mrs Wincester schiebt sich schnaubend durch die Öffnung. »Passt es Ihnen jetzt, Mr Bennet?«

Seufzend lege ich das Kuvert auf den Stapel zurück und stehe auf, um meine Klientin zu begrüßen.

Lilly

»Ein Chocolate Cappuccino mit Sahne, wie immer, bitte sehr.« Ich lächle die junge Bedienung in meinem Stammcafé dankbar an, als sie das heiße, dampfende Getränk vor mir abstellt. Es herrscht reger Betrieb in dem kleinen Coffeeshop, der meiner Meinung nach den besten Kaffee in ganz London serviert. Kein Vergleich mit den großen Ketten, die sich überall ausbreiten wie Pestbeulen. Hier wird handgerösteter Kaffee frisch gemahlen und mit Liebe aufgebrüht, und das riecht man nicht nur, das schmeckt man vor allem. Sogar die dunkle Schokolade, die meinem Getränk die nötige Zuckerdosis verleiht, ist handgeschöpft.

Mein Blick fällt auf das gläserne Bürogebäude gegenüber, in dem ich arbeite. *A&J* ist eine der größten Filmproduktionen Englands, und ich bin dort für die Verträge zuständig. Noch. Die Erinnerung an das Gespräch mit meinem Chef verursacht einen pochenden Knoten in meinem Magen. Mit beiden Händen umklammere ich die Tasse, bis sich die Hitze in meine Haut brennt.

»Entschuldigen Sie ... Ist hier noch frei?«

Verwirrt hebe ich den Kopf. Vor mir steht eine hoch gewachsene, sehr schlanke Blondine. Eine schöne Frau, gepflegt und geschminkt wie ein Model. Tatsächlich sind fast alle Tische im Café besetzt. Ich sitze am Fenster, und mir gegenüber befindet sich einer dieser runden Kaffeehausstühle, auf dem ich meine Handtasche geparkt habe. Ich erwidere das freundliche Lächeln nickend, während ich den Stuhl räume. »Sicher. Entschuldigen Sie bitte.«

»Kein Problem.« Die Frau lässt sich mit einem erleichterten Aufstöhnen fallen und streckt die Beine aus. Ihr Fuß streift meine Wade. Ich zucke zurück, aber sie scheint es nicht bemerkt zu haben. »Gott, ich bin seit vier Stunden in der Stadt unterwegs und spüre meine Beine kaum noch! Ich sollte mich definitiv häufiger bewegen.« Sie grinst mich an und schält sich etwas umständlich aus einem garantiert echten Burberry-Mantel. »Ist der Kaffee hier wenigstens gut?«

»Der Beste in London«, sage ich überzeugt und proste ihr mit meinem Becher zu, bevor ich an dem duftenden Getränk nippe.

»Das ist gut. Ist da Schokolade drin?« Nachdem ich die Frage bejaht habe, winkt sie der Bedienung und bestellt das Gleiche für sich. Ihre Fingernägel sind dunkelrot lackiert und ich stelle fest, dass die Farbe absolut nicht zu ihr passt. Warum auch immer mir das auffällt.

»Sind Sie öfter hier?« Irritiert sehe ich von ihren Händen auf in ihr Gesicht. Offenbar ist sie auf der Suche nach Kontakt, was ich ihr nicht verdenken kann. Ich fühle mich selbst einsam, seit ich Jonathan verlassen habe und gleichzeitig meine beste Freundin losgeworden bin, die hinter meinem Rücken ein Verhältnis mit meinem Mann hatte und nun ein Kind von ihm erwartet. Wenn Braden nicht wäre, würde ich an meiner Einsamkeit zugrunde gehen.

»Jeden Tag. Ich arbeite dort drüben.« Ich zeige mit dem Finger auf das Gebäude gegenüber.

»Bei *A&J*? Sind Sie Filmproduzentin?« Sie staunt mich an, und ich muss lachen.

»Leider nicht. Ich bin Juristin und bearbeite dort nur Verträge. Ziemlich langweilig also.«

»Ach, das sagen Sie so.« Sie zuckt mit den Achseln, bevor sie dankend ihren Kaffee entgegennimmt. »Welcher Job ist nicht langweilig, was? Nach ein paar Jahren wird doch alles zur Routine. Job, Beziehung, das ganze Leben …«

Mein Magen zieht sich zusammen. »Das muss nicht so sein«, sage ich, wenig überzeugt. »Wenn man daran arbeitet …«

»Das halte ich für ein Gerücht.« Sie lächelt und setzt den Kaffeebecher ab. »Ich komme gerade aus einer langen Beziehung, die an nichts als Gewohnheit gescheitert ist. Es ist schwer, sich die eigenen Fehler eingestehen zu müssen, aber …« Sie schiebt ihre Unterlippe vor. Ihr Lippenstift hat dieselbe Farbe wie ihr Nagellack, und wie so häufig fällt mir in Gegenwart solcher Frauen auf, wie langweilig ich selbst aussehe. Vielleicht sollte ich ...

»Entschuldigen Sie, ich bin unhöflich. Ich habe mich gar nicht vorgestellt. Melanie Johnson.«

Höflich nehme ich die angebotene Hand und drücke sie kurz. Sie hat dünne, sehr lange Finger, die kraftlos in meinen liegen. »Lilian Palmer.«

»Ich will Sie in Ihrer Pause wirklich nicht mit meinen Problemen belästigen«, fährt sie fort und nippt an ihrem Kaffee. Vorsichtig, um den Lippenstift nicht zu ruinieren.

»Ach, das macht mir nichts«, sage ich lächelnd. Das tut es wirklich nicht. Ich bin so ausgehungert nach sozialen Kontakten, dass ich sogar mit völlig fremden Menschen rede, sobald sich eine Gelegenheit dazu ergibt.

»Manchmal möchte man an sich selbst verzweifeln. Und an den anderen«, fährt meine Tischnachbarin fort und streicht mit dem Zeigefinger über den Rand ihrer Kaffeetasse. »Wenn man plötzlich erfährt, dass man nur ein Lückenbüßer war.« Ihre Augen schimmern, und mein Herz verkrampft sich.

»Das tut mir sehr leid für Sie«, sage ich, nach der Kellnerin winkend. Himmel, sie tut mir wirklich leid, aber bin ich schon bereit dazu, mir das Liebesleid einer Fremden anzuhören? Wo ich im Moment eigentlich mit mir selbst genug zu tun haben sollte?

»Und das in meinem Alter«, fährt sie ungerührt fort. Sie sieht an mir vorbei zum Fenster, während sie spricht, was die Situation nicht angenehmer macht. Mit dem Handrücken wischt sie sich über die Augen und versucht zu lächeln. »Ich meine, als Frau ist man doch wirklich die Angepinselte, wenn man sich jahrelang auf einen Mann einlässt in der Hoffnung, mit ihm eines Tages eine Familie zu gründen, und dann mit Mitte Dreißig wegen einer anderen verlassen wird. Es ist doch kaum möglich, in so kurzer Zeit noch eine neue Beziehung aufzubauen und rechtzeitig, bevor die biologische Uhr ...« Sie schluckt und kneift die Lippen zusammen.

Ich zahle für meinen Kaffee und übernehme ihre Rechnung gleich mit, was sie nicht einmal bemerkt. »Es tut mir wirklich sehr leid. Aber ich muss leider wieder ...« Entschuldigend hebe ich die Schultern und deute hinter mich auf das graue Bürogebäude.

»Oh. Ja, sicher. Entschuldigen Sie bitte, ich wollte Sie nicht behelligen. Ich habe nur niemanden, mit dem ich reden kann und ich dachte, Sie ...« Sofort nagt das schlechte Gewissen an mir, und noch bevor ich darüber nachdenken kann, sitze ich wieder. Und nehme ihre Hand. »Hören Sie ... hör mal, Melanie. Kein Mann der Welt ist es wert, dass du dich seinetwegen so grämst. Keiner. Du bist eine wahnsinnig attraktive Frau und wirst sehr schnell einen neuen Mann finden. Ganz sicher. Ich glaube nicht, dass du so etwas nötig hast.«

Sie hebt den Kopf und sieht mich an. Ihre Augen funkeln. Sie sind blaugrau und erinnern mich an eine Taube. »Das sagst du so leicht, Lilian. Du bist bestimmt frisch verliebt. Oder mit einem liebevollen Ehemann verheiratet, der dir jeden Wunsch von den Augen abliest.«

»So ungefähr«, antworte ich ausweichend. »Und für dich wird es das auch wieder geben. Irgendwann, ganz bestimmt. Ich weiß, wie du dich jetzt fühlst und wie verletzt und enttäuscht du bist. Aber wenn so etwas im Leben passiert, hat es doch meistens Gründe. Und manchmal ist eine verschlossene Tür nur der nötige Schubs hin zu etwas viel Besserem.«

Wärme durchströmt mich, weil ich an das denke, was mir zugestoßen ist – und an Braden. Es ist sicher nicht gut und vielleicht auch nicht richtig, mich schon jetzt auf eine neue Beziehung einzulassen, aber ich will es versuchen. Unbedingt. Auch wenn Braden meint, wir sollten uns Zeit lassen. Dabei habe ich schon so viel Zeit vertan ... fünf ganze Jahre, in denen ich vielleicht glücklich hätte sein können, wenn ich nicht ...

»Ich will dich nicht aufhalten.« Melanie lächelt unter Tränen. Du liebe Zeit, ich kann sie doch jetzt nicht so hier sitzen lassen? Sie wischt nicht einmal ihre Wangen ab; sitzt einfach da und heult leise vor sich hin. Vor Mitleid schnürt sich mir die Kehle zusammen.

Ich drücke ihre Hand fester und schaue sie stumm an, weil ich nicht weiß, was ich noch sagen soll. Ihr gebrochenes Herz ist fast sichtbar, und sie tut mir wirklich sehr leid.

»Ich verbringe meine Mittagspause jeden Tag hier. Normalerweise mit einer Kollegin, aber die hat Urlaub und deshalb sitze ich momentan alleine rum. Wenn du also Lust hast ... sehen wir uns morgen wieder?«

Melanies Augen hellen sich auf. »Ist das dein Ernst?«

Ich lächle. »Ja, sicher. Sonst hätte ich es doch nicht angeboten.«

»Das wäre ... oh Gott. Du musst denken, ich bin eine frustrierte, einsame Frau, dabei bin ich das gar nicht. Also, ich meine ... normalerweise. Nur heute ist so ein Tag ...« Sie beißt sich auf die Lippe und starrt geradeaus, durch mich hindurch. »Kein Problem. Ich kenne solche Tage. Und wenn du jemanden zum Reden brauchst – ich bin jeden Tag um dieselbe Zeit hier.« Ich schultere meine Handtasche und wende mich zum Gehen. Mist, die Mittagspause ist seit einer Viertelstunde offiziell vorbei. Hoffentlich gibt das keinen Ärger. Nach dem Anpfiff, den ich heute Morgen kassiert habe, kann ich wirklich nicht noch mehr davon gebrauchen.

Nachdem ich die Glastür hinter mir zugezogen habe, drehe ich mich noch einmal um – und staune. Melanie tippt fröhlich auf ihrem Smartphone herum.

Ihre Stirn ist glatt; sie sieht aus, als wäre nie etwas geschehen. Seltsam. Während ich die Straße überquere und das Büro betrete, denke ich über diese Begegnung nach. Ich werde häufig von Fremden angesprochen und habe kein Problem damit, Leute kennenzulernen. Im Gegenteil. Mein Problem liegt darin, aus einer flüchtigen Bekanntschaft mehr zu machen. Ich will mich nie aufdrängen, deshalb warte ich immer ab, bis der andere den ersten Schritt macht und sich meldet, doch das passiert leider nicht oft. Vielleicht bin ich auch einfach nicht interessant genug für andere.

Interessant genug für meinen Chef bin ich offenbar, denn der sitzt auf meinem Schreibtisch und klopft mit einem Kugelschreiber auf die Tischplatte. Mein Herz rutscht eine Etage tiefer, als ich die steile Falte zwischen seinen Brauen bemerke.

»Die Mittagspause ist seit einer halben Stunde beendet, Lilian.«

»Ich ... ja, tut mir leid. Ich hänge die Zeit hinten dran und bleibe heute länger. Und übrigens habe ich gestern Abend zu Hause den Eremity-Vertrag noch durchgearbeitet, bis elf Uhr, und ich ...«

»Es ist mir egal, wo und wie du deine Arbeit erledigst«, fährt er mir in die Parade. »Aber wir haben geregelte Arbeitszeiten, und ich erwarte, dass du zu diesen Zeiten im Büro sitzt und nicht in irgendeinem Coffeeshop.«

Mir wird schlagartig warm. Woher, zum Teufel,

weiß er, wo ich meine Mittagspause verbringe?

»Ich bin ja jetzt ...«

»Außerdem musste ich erfahren, dass du während der Arbeitszeit private E-Mails schreibst und Facebook nutzt. Ich muss dir wohl nicht erklären, dass das für mich nicht in Ordnung geht?«

»Wie bitte?«, frage ich verdattert zurück. Ich meine, das macht doch jeder hier. Ausnahmslos. Und bisher war das auch nie ein Problem, schließlich achten wir bei unserer Arbeit auch nicht pingelig genau darauf, ob zufällig gerade Wochenende ist oder später Abend. Der Vorteil an diesem Job ist, dass ich viel von zu Hause erledigen kann, und das mache ich auch. Seit Jahren. Was zum Geier ist jetzt auf einmal in Ken gefahren?

»Ich habe hier eine Abmahnung für dich.« Demonstrativ legt er einen Briefumschlag auf meinen Schreibtisch, bevor er langsam aufsteht. Meine Knie werden weich. Eine Abmahnung? Wegen einer solchen Lappalie?

»Ken, was ist hier los?«

Er schürzt die vollen Lippen und sieht mich aus wässrig-blauen Augen an. Dann schüttelt er den Kopf, während er auf mich zukommt. »Deine Arbeit lässt in der letzten Zeit sehr zu wünschen übrig. Ich weiß, dass du private Probleme hast, deine Ehe und alles. Aber ich kann das nicht länger mit ansehen. Beim nächsten Verstoß muss ich dich entlassen, Lilian.«

»Ist das dein Ernst?« Ich umklammere den Riemen

meiner Handtasche mit beiden Händen, wie einen Rettungsring, und starre ihn fassungslos an. »Nach vier Jahren willst du mich wegen so was rausschmeißen?«

Seine Augen flackern. Ich erkenne meinen Chef nicht wieder. Wir waren zwar nie beste Freunde und sind uns meistens aus dem Weg gegangen, aber wir kamen irgendwie miteinander klar. Doch langsam dämmert mir, wer dahintersteckt. Der Mann, der mir vor Jahren diesen Job hier besorgt hat. Mir wird heiß.

»Hat Jonathan etwa ...«

»Die Abmahnung liegt auf deinem Schreibtisch, bitte nimm sie zur Kenntnis«, unterbricht er mich wieder, dann wendet er sich zum Gehen. Mein Körper ist ganz steif geworden. Mit zittrigen Händen reiße ich den Umschlag auf und überfliege den sachlichen Text. Mein Herz wummert. Das darf doch wohl nicht wahr sein. Ganz sicher steckt Jonathan dahinter. Ich weiß, dass er mit Ken mehr oder weniger befreundet ist. Was Jonathan halt unter Freundschaft versteht. Grundsätzlich pflegt er Kontakte nur zu Menschen, die ihm irgendwie nützen können. Wütend werfe ich meine Handtasche auf den Tisch, greife zu meinem Handy und wähle seine Nummer.

»Vorzimmer Jonathan Palmer, Sie sprechen mit Elizabeth Walters, was kann ich für Sie tun?« Der Sopran seiner Assistentin, mit der er vor zwei Jahren auch eine Affäre hatte, sticht in meinem Ohr. »Elizabeth, hier ist Lilly. Ich muss Jonathan sprechen, und zwar sofort«, sage ich so souverän wie möglich.

»Tut mir leid, Lilly, er ist gerade in einer …« »Das ist mir egal, verdammt! Ich muss ihn jetzt sprechen. Sofort. Und wenn du mich nicht durchstellst, komme ich gleich persönlich vorbei. Das wird ihm allerdings nicht gefallen.«

Ich höre ein Seufzen, dann raschelt etwas. Gedämpfte Stimmen, Flüstern. Ungeduldig laufe ich im Büro auf und ab, den Hörer fest an mein Ohr gepresst.

»Lilian?«

»Was zum Teufel denkst du dir dabei?«, fahre ich ihn an. »Was soll das, Jonathan? Was habe ich dir getan, dass du mich so hasst? Musste das jetzt auch noch sein?«

Sein eisiges Lachen fährt mir bis in die Eingeweide und lässt mich schlucken. Es liegt so viel Hass in dem Ton, dass mir übel wird. Grundgütiger, wann ist es mit uns so weit gekommen? Und wieso benimmt er sich, als wäre ich die Böse? Nicht ich habe ihn monatelang mit seinem besten Freund betrogen … Wut steigt in mir auf.

»Glaubst du denn wirklich ich würde zusehen, wie du dich von Bennet vögeln lässt und mich als gehörnten Idioten der Welt vorführst, Lilian? Ich dachte, du kennst mich besser.«

»Braden hat nichts damit zu tun. Du hast meiner besten Freundin ein Kind gemacht! Entschuldige mal, aber das ist doch wohl schlimmer als …«

»Es ist nicht mein Kind«, unterbricht er mich.

Ich stutze. »Wie bitte?«

»Kristens Kind ist nicht von mir. Ich habe das Scheidungsurteil bereits angefochten, dein Bennet dürfte die Unterlagen inzwischen auch haben. Die Scheidung ist damit nicht rechtskräftig, das muss ich dir als Juristin ja nicht erklären. Und solange nicht klar ist, dass ich deiner geliebten Kristen ein Kind angedreht habe, sind wir beide noch verheiratet. Mit allen Konsequenzen.« Ich schlucke trocken. Meine Hände haben sich so fest um den Hörer gekrallt, dass meine Fingerknöchel schmerzen. Mit einem Plastikkugelschreiber malträtiere ich die Tischplatte.

»Jonathan, was soll das? Ken hat mir heute eine Abmahnung gegeben, und sag mir jetzt nicht, dass du nichts damit zu tun hast.«

»Natürlich habe ich was damit zu tun, das hast du schon ganz richtig durchschaut. Ich werde dich ruinieren, Lilian. Du wirst kein einziges Pfund von meinem Vermögen bekommen, weil du dich des Ehebruchs schuldig gemacht hast. Mit deinem Anwalt! Mit Braden Bennet! Was für eine Farce – die gesamte Anwaltschaft lacht über mich.«

Ich atme dreimal tief ein und aus, bevor ich etwas dazu sagen kann.

»Mir ist klar, dass es dir nur um dich und deinen Ruf geht und nicht um die Sache an sich. Oder womöglich um mich. Aber das hier ... Was soll das,

Jonathan? Was habe ich dir getan, dass du plötzlich solche Rachegelüste entwickelst? Wieso hasst du mich so?«

»Ich hasse dich nicht, Lilian.« Er spricht auf einmal leise. Bedrohlich leise. Eine Gänsehaut zieht über meine Unterarme. »Aber ich hasse Bennet. Von allen Männern, die in London leben, musste es ausgerechnet er sein?«

»Du hast mich doch selbst in seine Arme getrieben, wenn ich dich erinnern darf«, sage ich wütend. »Oder war es etwa nicht deine Idee, dass Kristen ihn mir als Scheidungsanwalt empfohlen hat? Und warst du es nicht, der ihn vor fünf Jahren auf mich gehetzt hat, kurz vor unserer Hochzeit? Um meine *Treue* zu überprüfen?«

Stille. Ich räuspere mich, weil meine Stimme mir leider nicht mehr gehorcht. Mein Herz schlägt mir bis in den Hals. »Jonathan. Du kannst doch nicht erwarten, dass ich nach all dem, was in den letzten Jahren war, noch Verständnis für dich habe?«

»Nein, das erwarte ich nicht. Aber du sollst wissen, dass ich mindestens so verletzt bin wie du. Und das wirst du zu spüren bekommen.«

Großer Gott. Ich weiß, dass er rachsüchtig ist, das hat er in seinem Job als Anwalt oft genug bewiesen. Und ich weiß, dass er mir absolut überlegen ist, in jeder Hinsicht. Wenn er mich ruinieren will, wird ihm das gelingen, so viel ist mir klar. Plötzlich ist mir eiskalt.

»Du wirst ja sehen, woran dein Bennet wirklich interessiert ist. An dir oder an meinem Geld. Darüber würde ich an deiner Stelle mal nachdenken, Lilian. So naiv kannst selbst du nicht sein, dass du glaubst, Braden Bennet würde sich ausgerechnet in eine Frau wie dich verlieben. Du glaubst, ich wäre berechnend? Dann lern Bennet mal kennen. Ich wünsche dir viel Vergnügen dabei.«

Der Besetztton, der an mein Ohr dringt, nachdem er aufgelegt hat, ist schmerzhaft laut. Mein Puls rast, und das Telefon rutscht mir aus den schweißnassen Händen. Was zum Teufel hat er damit gemeint?

Lilly

Braden strahlt, als er aus dem gregorianischen Haus in Kensington tritt und über die Straße zu mir eilt. Sofort löst sich die Anspannung; meine Muskeln lockern sich und meine Knie werden weich. Wie immer, wenn ich ihn sehe.

Es ist verrückt, aber eine solche Anziehungskraft hat noch nie jemand auf mich ausgeübt. Das war schon damals so, vor fünf Jahren, in jener verhängnisvollen Nacht kurz vor meiner Hochzeit. Wenn ich Braden sehe, wird mir warm. Er bringt mich allein mit seinem Lächeln dazu, dass ich mich wieder wie ein Teenager fühle. Und ich liebe es, wenn er mich in seine Arme nimmt und mich an sich zieht. Ich fühle mich sicher, beschützt bei ihm. Und so unendlich ruhig. Er hat auf mich dieselbe Wirkung wie ein Tag am Meer. Meine Nerven hören auf zu flattern, mein Herz wird leichter und ich bin ... entspannt. Vor allem, seitdem wir uns regelmäßig treffen und miteinander schlafen. Sex mit Braden ist besser als jedes Sterne-Menü, das ich je genossen habe. Unsere Körper scheinen füreinander geschaffen zu sein; ich muss ihn nicht einmal berühren, um das sehnsüchtige Ziehen in meinem Unterleib zu spüren, das nur er in mir auslöst.

»Hallo Schönheit«, sagt er und legt beide Arme um meine Hüften. »Ich habe dich vermisst heute.« Dann presst er seine Lippen auf meine. Ich schließe die Augen, erwidere den Kuss, der zärtlich und doch so fordernd, leidenschaftlich ist. Der meinen ganzen Körper mit einer schweren, warmen Süße erfüllt, wie ein teurer Rotwein. Atme tief ein, um ihn zu riechen. Um zu wissen, dass er wirklich hier ist, bei mir. Sein Aftershave, den männlichen Duft, der darunter liegt und den ich am liebsten pur mag.

»Ich habe mit Jonathan gesprochen«, platze ich heraus, nachdem er nach einer gefühlten halben Stunde meinen Mund wieder freigegeben hat. Das Wetter ist herbstlich feucht, weshalb ich meine Haare hochgesteckt habe. Die rote Mähne ist sonst bei diesem Klima nicht zu bändigen.

»Ich weiß. Er hat mir seinen Widerspruch natürlich schriftlich zukommen lassen, und er war nicht frei von Häme.«

»Was machen wir jetzt?«, frage ich und hake mich bei ihm ein. Er hat muskulöse Arme, weil er regelmäßig im Fitness-Studio trainiert. Das braucht er als Ausgleich zu seiner sitzenden Tätigkeit, behauptet er, aber ich weiß, dass er es auch aus Eitelkeit tut. Ich sehe den Stolz in seinen braunen Augen, wenn ich meine

Finger über seine nackte Brust gleiten lasse und seinen Körper bewundere. Der Gedanke an Braden – nackt! – reicht schon aus, um ein leises Pochen in meinem Schoß hervorzurufen.

»Lass uns später darüber sprechen. Bitte. Hast du schon gegessen?« Braden wirft mir einen Seitenblick zu. »Ich hatte nur Sandwiches zum Mittag und könnte noch was gebrauchen.«

Mir ist der Appetit gründlich vergangen, aber das sollte nicht sein Problem sein. Wir fahren nach Mayfair zu seiner Wohnung. In Bradens Sportwagen, der neuerdings innen aufgeräumt ist – vermutlich meinetwegen. Als ob mir das wichtig wäre.

Zu Hause bestellt er chinesisches Essen für uns, während ich es mir auf seinem Ledersofa gemütlich mache und die Pumps ausziehe, dann öffnet er eine Flasche Rotwein. Ich habe noch nie bei ihm übernachtet, und heute ist ganz sicher nicht der richtige Tag für so ein erstes Mal nach der erneuten Aufregung, das spüre ich. Normalerweise wäre mir auch danach, gleich über ihn herzufallen. Vor allem, wenn ich ihn dabei beobachte, wie er souverän sein großes Wohnzimmer durchschreitet und mit einer so natürlichen Lässigkeit und Eleganz die Weinflasche entkorkt, dass jeder Kellner im Ritz neidisch darauf wäre.

»Ich habe im Büro eine Abmahnung bekommen, von Ken. Weil ich private E-Mails geschrieben und Facebook genutzt habe. Ich muss dir wohl nicht sagen, wer dahintersteckt?« Ich nippe an meinem Rotwein, den Braden mir in einem bauchigen Glas gereicht hat, und warte, dass er sich neben mich setzt. Mit Schwung lässt er sich aufs Sofa fallen und legt eine Hand auf mein Knie. Sofort stellen sich meine Körperhärchen auf und ich muss mich bemühen, nicht gleich abgelenkt zu werden.

»Das kann er nicht machen.« Braden knurrt. »Was soll das?«

»Offenbar hat er ein persönliches Problem mit dir. Jedenfalls hat er mir gedroht, mich fertigzumachen, und natürlich wird er dafür sorgen, dass ich keinen Penny von seinem Vermögen bekomme. Deinetwegen. Ich weiß nicht, was zwischen euch passiert ist, Braden, aber ich ... Es macht mir Angst. Jonathan macht mir Angst. Er wirkte so wütend, so rachsüchtig. Ich verstehe das alles nicht.«

»Wenn dir gekündigt wirst, fängst du bei mir an.« Braden sieht mir in die Augen. »Ich habe durchaus Bedarf für eine zweite Anwältin in meiner Kanzlei.«

Ich lache laut auf und stelle mein Glas ab. »Braden! Ich bin keine richtige Anwältin, wie du weißt. Und ich tauge schon gleich gar nicht zur Scheidungsanwältin.«

»Stell dein Licht nicht so unter den Scheffel, Lilly. Ich weiß, dass du gut bist. Dir fehlt nur der Mut und ... bei Gott, ja, ich verstehe es nicht, aber ... wo ist dein Selbstvertrauen hin? Vor fünf Jahren, in der Nacht, als wir uns zum ersten Mal begegnet sind, da hast du so stolz und sicher gewirkt. Ich habe dich angesehen und gedacht: dieses Mädchen wird es einmal weit bringen. Sie hat den Ehrgeiz, den Biss und die Intelligenz. Du bist eloquent und gescheit, es gibt also gar keinen Grund, warum du noch länger in diesem muffigen Büro versauern solltest.«

Ich reiße die Augen auf. »Ich mag meinen Beruf«, verteidige ich mich. »Ich habe meine Ruhe, keinen Stress, kann meine Zeit selbst einteilen ...«

»Aber du kannst so viel mehr als das. Es ist Verschwendung deiner Fähigkeiten, was du da tust.«

Ich rutsche ein Stück zur Seite, bis seine Hand von meinem Knie rutscht. Fragend sieht er mich an. Oh Himmel, wenn er nur nicht so gut aussehen würde. Wenn er nicht so wunderschöne, braune Augen hätte. Wenn sein Mund nicht so schwungvoll und prall wäre, dass ich ihn küssen will. Dann wäre ich jetzt sicher sauer auf ihn, weil er mit mir redet, als ob ich mein Leben verplempert hätte.

»Wie schon gesagt – ich mag meinen Job und ich möchte ihn behalten. Unbedingt.«

»Du solltest dir eher Gedanken machen, wie wir die Scheidung so schnell wie möglich über die Bühne bringen, ohne dass du leer ausgehst.«

»Braden, das Geld ist mir egal. Ich brauche es nicht. Wenn es ihn glücklich macht, soll er es behalten. Darum geht es gar nicht.«

Braden schweigt. Sein Blick löst ein unangenehmes

Ziehen in meinem Bauch aus. Was hatte Jonathan über ihn gesagt? Berechnend? Aber Braden verdient selbst mehr als genug. Es ist doch absurd zu glauben, dass er hinter Jonathans Geld her sein könnte? Wenn ich schon Schwierigkeiten damit hatte, Männerfreundschaften zu verstehen – herzlichen Glückwunsch. Männer*feind*schaften sind offenbar erst recht unlösbare Rätsel. Was auch immer in die beiden Alphatierchen gefahren ist – ich begreife es einfach nicht.

»Es gäbe eine schnelle und einfache Lösung«, sagt Braden plötzlich in meine Gedanken hinein. Ich sehe ihn fragend an. »Kristen könnte sich eines pränatalen Vaterschaftstests unterziehen. Dann hätten wir Gewissheit, dass ihr Kind von Jonathan ist, und der Richter hätte keinen Grund, das Verfahren länger hinauszuzögern.«

Ich schlucke. »Das ist gefährlich für das Kind«, werfe ich ein. »Ich weiß das, weil ...« Verlegen beiße ich mir auf die Lippe. Auch wenn Kristen mich hintergangen hat – ich habe ihr damals versprochen, ihr Geheimnis für mich zu behalten, und das werde ich tun. Nicht einmal Braden möchte ich es verraten. »Ich weiß es eben. Also – nein. Das kann ich nicht machen.«

»Lilly, es geht hier auch um dich. Und um uns. Wenn Jonathan Ernst macht, kann er mit seinem Einspruch verhindern, dass wir zusammen sind.«

»Nein, das kann er nicht.« Ich schlage die Beine übereinander und greife wieder nach meinem Weinglas. Meine Hände fühlen sich klamm an. »Ich muss nur auf alle Ansprüche verzichten und zugeben, eine Affäre mit dir zu haben. Dann wird die Scheidung sofort rechtskräftig.«

»Das würde sie nicht, solange Jonathan nicht zustimmt.«

»Er würde aber zustimmen, wenn ich auf alles verzichte«, beharre ich. »Glaub mir. Es geht ihm nur ums Geld, sonst nichts. Und ich brauche sein Geld nicht.«

»Lilly.« Braden rückt näher an mich heran und nimmt meine Hände in seine. »Das kann ich nicht zulassen. Du würdest nahezu mittellos aus eurer Ehe rausgehen, und der Anteil an seinem Vermögen steht dir zu. Als dein Anwalt muss ich dir also raten, vorsichtig zu sein bis zum nächsten Termin.«

Das unangenehme Gefühl verstärkt sich und zwickt. Ob ich ihm sagen sollte, was Jonathan über ihn behauptet hat? Nein, besser nicht. Ich will diese obskure Feindschaft zwischen den beiden nicht noch weiter schüren. Außerdem weiß ich, dass es nicht wahr ist. Ich kenne Braden zwar noch nicht wirklich gut, aber ich kann mich unmöglich so in ihm täuschen. Allein sein Blick, wenn er mich ansieht, so wie jetzt gerade ... wenn er mir fest in die Augen sieht, die Lippen ganz leicht zu einem Lächeln verzogen. Ich glaube wirklich, dass er etwas für mich empfindet, auch wenn es im Moment eher körperliche Anziehungskraft ist als alles andere. Viel mehr als den Körper des anderen kennen wir schließlich auch noch nicht voneinander, aber mit irgendwas muss man ja anfangen, oder?

»Soll das bedeuten, dass wir uns nicht mehr sehen können, bis die Scheidung endgültig ist? Bis Kristen ihr Baby bekommen hat?«, frage ich. Mein Herz pocht heftiger. Braden zieht die Brauen zusammen, bis sich über seiner Nasenwurzel eine tiefe Falte bildet.

»Im Zweifelsfall ... ich will dich nicht gehen lassen, Lilly. Niemals. Aber wir müssen aufpassen. Uns nicht als Paar in der Öffentlichkeit sehen lassen, ihm keinen Beweis für unsere Beziehung liefern. Alternativ, und das wäre mir deutlich lieber, bitten wir Kristen um diese Untersuchung. Dann sind wir in spätestens zwei, drei Wochen durch mit der ganzen Geschichte.«

»Du bist dir ziemlich sicher, dass Jonathan der Vater dieses Babys ist, oder?«, frage ich mit hochgezogener Braue.

Braden nickt. »Ich habe mit Kristen gesprochen. Ich kenne sie zwar nicht so gut und so lange wie du, aber ... ich glaube ihr. Sie ist eine wahnsinnig schlechte Lügnerin, das habe ich vor Gericht schon einige Male feststellen dürfen.«

Ich leere mein Rotweinglas und halte es ihm auffordernd hin. »Das würde allerdings bedeuten, dass ich zu dämlich war, um ihre Lügen mir gegenüber zu enttarnen.«

»Verdammt, nein, Lilly, das bedeutet es ganz und gar nicht. Und das habe ich damit auch nicht gemeint.« Kopfschüttelnd steht Braden auf und geht zum Schrank, um mir nachzuschenken. »Was ist los mit dir? Verstehst du mich absichtlich falsch?«

Ich zucke zusammen. Das Gespräch nimmt langsam eine Wendung, die mir unangenehm ist. So ähnlich hörte es sich auch an, wenn Jonathan und ich diskutiert haben. Was ist nur mit mir los? Mit uns?

»Ich bin nervlich nicht gerade stabil im Moment, Braden. Ich sehe Gespenster, überall. Betrug, wo ich auch hinsehe. Mein Weltbild ist in der letzten Zeit ganz schön aus den Fugen geraten, und so fühlt sich das Leben gerade für mich an. Alles schwankt und wackelt um mich herum, ich finde keinen Tritt. Ich habe Angst davor, einen Schritt zu machen, weil ich nicht weiß, ob der Boden vor mir halten wird. Schließlich wurde er mir gerade erst unter den Füßen weggezogen, und ich ...« Oh, Mist. Meine Augen brennen, die Tränen kann ich nicht länger zurückdrängen. Als wäre ein Staudamm gesprent worden, brechen sich plötzlich die ganzen miesen Gefühle Bahn, die ich seit Wochen in den Griff bekommen will. Es sind nicht nur böse Erinnerungen an Jonathan und meine Ehe, es ist so viel mehr als das. Uralte Narben scheinen aufzubrechen. Narben, die meine Eltern mir zugefügt haben mit ihren ständigen Forderungen, mit dem ewigen Gefühl, sie zu enttäuschen, nicht genug zu sein. Narben von Wunden, die noch aus meiner Schulzeit stammen. Als mich alle Mitschüler wegen meiner roten Haare, den

Sommersprossen und meinen dünnen Beinen als Vogelscheuche verlacht haben. Wunden von Mädchen, die sich über mich lustig gemacht haben, weil ich mit ihren Markenklamotten und den teuren Autos ihrer Eltern nicht mithalten konnte.

Weil ich immer ein Außenseiter war. Ein verlachter, rothaariger Bücherwurm, der es dank eines Stipendiums an die Privatschule und später an die Uni geschafft hat, aber in den Schulpausen allein am Rand stand und Hohn und Spott über sich ergehen lassen musste. Weil mein Vater erst bei meiner Hochzeit stolz auf mich war – in seinen Augen hatte ich es also doch noch geschafft und in die bessere Gesellschaft eingeheiratet. Das war alles, was für ihn zählte, von mir selbst erwartete er nichts mehr. Umso größer war die Enttäuschung meiner Scheidung, die ich vermutlich nie wieder gutmachen kann. Zumal ich es nicht einmal hingekriegt habe, in den fünf Jahren meiner Ehe Mutter zu werden und eine Familie zu gründen. Oder wenigstens Karriere zu machen. Ein weiterer Heulkrampf schüttelt mich, weil mir mein ganzes Leben auf einmal so kläglich vorkommt. Weil ich mir so kläglich vorkomme. Wie ein schrecklicher Versager. Mit einem großen Satz ist Braden bei mir, kniet sich vor mich und zieht mich in seine Arme, wo er mich wie ein Kleinkind hin und her wiegt. »Hey. Hey, Schönheit. Es tut mir leid. Ich wollte nicht ... Gottverdammt, ich bin manchmal so ein ungehobelter Klotz, sorry! Ich hab echt meinen Beruf verfehlt.«

»Hast du nicht, Quatsch«, sage ich, unter Tränen lächelnd, und wische meine Wange an seinem Hemd ab, das so gut riecht. Nach ihm. Sofort beruhigt sich mein Herzschlag, weil er wie immer dieses Gefühl in mir weckt, dass mir nichts passieren kann, solange er bei mir ist.

»Ich passe auf dich auf«, murmelt er in mein Haar und küsst meinen Scheitel. »Ich stütze dich, halte deine Hand, wenn du sie brauchst. Damit du dich sicher fühlst und nicht mehr stolperst.«

»Ich weiß nicht, ob das mit uns schon Sinn macht, Braden.« Ein tiefer Seufzer sitzt in meiner Brust fest und will nicht heraus. Ich versuche, ihn runterzuschlucken, aber der Knoten bleibt. »Es ist einfach zu früh. Ich bin ... Meine Ehe war offenbar nur eine Scharade, all die Jahre. Mein Ex-Mann entwickelt sich zum größten Arsch, den die Welt je gesehen hat. Meine beste Freundin hat mich belogen. Mein Chef will mich loswerden. Ich fühle mich manchmal, als würde ich alles nur träumen und warte darauf, endlich wach zu werden und wieder in meinem alten Leben zu sein.«

Bradens Blick verdüstert sich. »Ich bin aber kein Traum, Lilly. Ich bin real. Und meine Gefühle für dich sind auch real. Also spiel bitte nicht mit ihnen. Das habe ich nicht verdient, oder?«

»Nein, natürlich nicht.« Ich lehne mich zurück und halte den Stiel des Weinglases mit beiden Händen fest.

Mein Blick ist verschleiert, die Welt um mich herum nur noch verschwommen. »Es tut mir leid, Braden. Vielleicht sollte ich besser gehen.«

Er steht so abrupt auf, dass ich vor Schreck fast das Glas fallen lasse. Meine Hände fangen an zu zittern.

»Ich verstehe dich«, sagt er dann, und ein paar tonnenschwere Steine fallen mir vom Herzen. Gottseidank, er ist nicht sauer, weil ich so eine dramatische Chaotin geworden bin.

»Ich bin Scheidungsanwalt und weiß, was so eine Scheidung bedeutet. Es ist ein Trauma; genauso, als ob man einen geliebten Menschen durch Tod verliert. Oder unter einer schweren Krankheit leidet. Du hast gleich zwei sehr wichtige Menschen verloren und mir ist klar, dass du dich noch nicht so bald wieder öffnen kannst. Vielleicht nicht einmal für mich. Aber ich will eine Chance, Lilly. Eine verdammte Chance. Die habe ich mir verdient. Und ich bin bereit, zu warten. Egal, wie lange. Ich gehe nicht mehr weg.«

Er stellt sein Glas heftig auf dem Tisch ab und ich habe für einen Moment Angst, dass der Stiel zerbricht. Mein Herz schlägt schneller. Ich will aufstehen und ihn in den Arm nehmen. Ihn küssen. Ihn lieben. Ihm sagen, dass ich es nicht so gemeint habe. Dass ich es versuchen will. Aber ich kann nicht. Wie gelähmt sitze ich da und schaue ihm in die Augen, ohne seinen Blick deuten zu können.

»Vielleicht ist es besser, wenn wir tatsächlich noch

warten. Bis das alles … Bis es irgendwie vorbei ist.«

»Was willst du tun, wenn dein Boss dich feuert? Dir einen neuen Job suchen und weiter Verträge bearbeiten in einem dunklen Kämmerchen? Oder vielleicht doch lieber mein Angebot annehmen?«

»Dein Angebot?«, frage ich blinzelnd. Weil Braden vor mir steht, muss ich zu ihm aufsehen, doch das stört mich nicht. Bei Jonathan konnte ich diese Position nie ertragen; wenn wir gestritten haben, legte ich großen Wert darauf, auf Augenhöhe mit ihm zu sein. Braden wirkt aber nicht, als würde er auf mich herabschauen, obwohl er gerade genau das tut. Er gibt nicht vor, mir überlegen zu sein. Er glaubt an mich und mein Potenzial. Der Gedanke rührt mich so sehr, dass mein Herz sich zusammenzieht. »Du meinst, in deiner Kanzlei zu arbeiten?«

Sein Mund verzieht sich zu einem Grinsen. »Warum nicht? Ich hätte dich gern in meiner Nähe, nicht nur abends. Du könntest mich unterstützen, und ich hätte mehr Zeit für dich. Was sagst du?«

»Braden, ich …« Meine Gedanken rasen. Das geht schnell. Viel zu schnell. Meine Scheidung ist nicht rechtskräftig, ich kenne ihn erst seit ein paar Wochen. Und jetzt will er mich gleich bei sich einstellen und mit mir zusammenarbeiten? »Ich weiß nicht, ob das gut ist. Es wäre wie gesagt bestimmt besser für mich, wenn ich mich nicht gleich in eine neue Beziehung stürze. Es ist einfach kein guter Zeitpunkt für uns. Ich muss doch erst mal lernen, allein klarzukommen.«

»Ich sprach nicht von einer Beziehung, Lilly. Ich habe wirklich Verständnis für deine Situation. Und ich respektiere deinen Wunsch. Das hindert mich aber nicht daran, dich bei mir einzustellen.«

»Ich kann nicht den ganzen Tag mit dir zusammen sein und dich nicht anfassen«, sage ich und muss mir ein Lachen verbeißen. »Es tut mir leid, aber du bist schlimmer als ein Schokoladeneis oder eine Schachtel Pralinen für mich. Ich würde das niemals schaffen.«

Er grinst wieder und setzt sich neben mich aufs Sofa. Seine Fingerkuppen streichen über meinen Rücken und kitzeln mich, sodass ich erschauere. Sein Gesicht ist meinem nah. Sehr nah. Ich spüre seinen Atem, sogar die feinen Bartstoppeln am Kinn.

»Wer hat denn gesagt, dass du mich nicht anfassen darfst?«, raunt er.

»Aber du ...«, setze ich an.

Er unterbricht mich. »Nur, weil du dich nicht auf eine feste Beziehung mit mir einlassen willst heißt das doch nicht, dass wir keinen Sex haben können. Oder?«

Seine Finger erreichen mein Rückgrat. Als er feine Kreise um sensible Stellen malt, zieht eine Gänsehaut über meinen ganzen Körper. Ich schlucke.

»Ist das dein Ernst?«, flüstere ich.

Braden nickt. Seine Lippen nähern sich weiter, und die nächsten Sätze kitzeln an meinem Mund. »Wir könnten es im Büro tun. Wann immer wir wollen.

Niemand müsste davon erfahren, wir wären sicher. Ich könnte dich auf meinem Schreibtisch nehmen. Auf der Toilette. Im Vorzimmer, wenn Bernadette Feierabend hat. Ich könnte dich verwöhnen, während du mir Briefe vorliest. Eben eine ganz zwanglose Sexaffäre unter Kollegen.«

»Du bist aber in dem Fall mein Chef und kein Kollege«, werfe ich ein. Allein seine Worte haben mein Kopfkino in Gang gebracht und reichen aus, um die Feuchtigkeit zwischen meinen Beinen zu verstärken.

»Umso besser. Ich liebe es, zu bestimmen.« Der Kuss, mit dem er mich überfällt, lässt keinen Zweifel an seinen Worten. Er ist so ungestüm, so wild, dass ich sofort die Augen schließe und ihn erwidere. Seine Zunge in meinen Mund eindringen lasse, bis sich das sehnsüchtige Ziehen zwischen meinen Beinen verstärkt und mehr verlangt. So viel mehr. Er öffnet meine Bluse, Knopf für Knopf, während wir uns weiter küssen. Als sein Atem über meine Brüste streicht, schrillt ein Ton mitten in unser atemloses Keuchen, und ich muss lachen.

»Oh fuck, der Chinese.« Braden fährt sich durch die Haare, die ich schon gründlich ruiniert habe, und steht mit schmerzverzerrtem Gesicht auf. »Dabei ist mir gerade eben der Appetit vergangen.« »Mir auch. Aber geh ruhig«, sage ich und fange an, meine Bluse wieder zuzuknöpfen, doch Braden hält meine Hände fest. Er hat sich zu mir runtergebeugt und verschließt meinen

Mund mit seinen Lippen. »Wenn wir ganz leise sind, denkt er, wir sind nicht zu Hause«, raunt er mir anschließend ins Ohr, als die Türklingel erneut ertönt, diesmal länger als vorher. Ich kichere. »Das kannst du nicht machen.«

»Und ob ich das kann.«

Braden

Oh fuck. Selbst wenn ich wollte, könnte ich jetzt gar nicht die Tür öffnen dank meiner Monster-Erektion. Zum Glück gibt der Lieferdienst schnell auf, denn nichts könnte gerade unwichtiger sein als Essen; mein Hunger kann sowieso nur noch von einer gestillt werden – von der wunderschönen Frau, die vor mir auf dem Sofa sitzt. Von ihren vollen Lippen, den grünen Augen und ihrem roten Haar, das mich immer noch wahnsinnig macht. Vor allem seit ich weiß, dass sie eine echte Rothaarige ist.

Sie rutscht unter meinem Gewicht tiefer, bis sie ganz auf dem Rücken liegt. Ich drücke einen Knopf an der Seite des Sofas, das langsam nach vorn ausfährt. Nie war ich dankbarer für diese bequeme Gästebettfunktion, ich kann jetzt nicht aufstehen und den Raum wechseln. Ich will sie – jetzt. Ganz und gar.

Ihr Atem schlägt gegen meine Wange. Nach wenigen Handgriffen habe ich sie von ihrer weißen Bluse befreit, dann falle ich über ihren BH her. Mit einer Hand. Lilly kichert, schlingt ein Bein um meine Hüften. Mein Schwanz pocht hart gegen ihren Schoß, und ich benehme mich plötzlich wie ein Teenager. Unbeholfen, weil die Gier meine Motorik einschränkt. Mit der freien Hand schiebe ich ihren Rock nach oben, dann kreise ich mit den Fingern über ihre Mitte, bis sie leise seufzt. Endlich schaffe ich es, diesen blöden Büstenhalter zu öffnen. Sie geht ins Hohlkreuz, um mir zu helfen, und ich streife das Ding über ihre Schultern. Als ihre kleinen, festen Brüste nackt sind, die kleinen Nippel hart und verlockend, lasse ich meine Lippen darüber wandern. Ich spüre ihre Feuchtigkeit durch den feinen Slip, den sie trägt, und meine Finger massieren fester, härter über ihren Kitzler. Sie umklammert meine Schultern, stöhnt leise in mein Ohr. Bewegt ihre Hüften, damit ich ihrem Takt folgen kann. Ich höre auf, sie zu streicheln, und küsse sie. Ihr Mund ist warm und feucht, ihre Augen glänzen, als ich wieder von ihr ablasse. Meine Hose ist zu eng, aber ich will nicht aufhören, um sie auszuziehen. Ich kann nicht aufhören. Ich atme ihren Duft ein; rieche das Parfum, das ich so liebe. Den feinen Hauch ihrer Lust darunter.

»Verdammt, Lilly, ich muss dich jetzt haben«, flüstere ich. Ihre Frisur hat sich gelöst; lange Haarsträhnen kitzeln in meinem Gesicht.

»Dann nimm mich«, wispert sie zurück, mit roten Wangen. Ihre Lippen sind leicht geöffnet, ihre Brüste heben und senken sich im Takt des schnellen, zu flachen Atems. Mein Schwanz zuckt energisch, also befreie ich ihn endlich von der engen Hose und den Shorts. Streife Schuhe und Socken von den Füßen. Knie mich zwischen ihre Beine, sodass ihre nackten Schenkel meine Hüften umspannen, und knöpfe mein Hemd auf, bis ich nackt bin. Ihr leises Aufkeuchen jagt Hitze durch meine Lenden, und schon streckt sie die Arme nach mir aus. Streicht mit den Fingerkuppen über meine Haut. Zeichnet die Linien meiner Muskulatur nach; über meine Brust, runter zu meinem Bauch und tiefer. Meine Erektion wippt zwischen meinen Beinen, und als sie ihre Finger darum legt und mich sanft massiert, stöhne ich auf.

»Hör besser auf damit …«

Lilly lacht. »Ich mag es aber. Ich fasse ihn gern an. Er fühlt sich so gut an.«

Ich schließe die Augen und lasse sie, obwohl es noch nie so anstrengend war, mich zu beherrschen. Ich will nicht in ihre Hand kommen. Ich will in ihr kommen. Will ihre süße, kleine Pussy erobern und … oh fuck. *Denk an was anderes, Braden. Denk in Gottes Namen an irgendwas anderes. Schnell!* Unsere Blicke verhaken sich, der Druck ihrer Finger wird stärker. Schneller. Ich glaube, ihren Atem zu sehen, wenn er ihre Lippen verlässt. Dann lege ich meinen Handballen zwischen ihre Beine und reibe sie, bis sie mir lustvoll das Becken entgegenwölbt. Sie verteilt die ersten Tropfen meiner Gier auf meinem Schwanz, reibt über die Eichel, bis mir Schweißperlen auf die Stirn treten.

»Komm«, lockt sie, öffnet ihre Schenkel weiter für mich. Das verlockende Dreieck zeichnet sich unter dem Höschen ab, und ich kann mich nicht beherrschen und den Slip vernünftig ausziehen, wie es sich wohl gehören würde. Stattdessen schiebe ich zwei Finger darunter und zerre so heftig daran, dass das schmale Bändchen an der Seite mit einem derben Geräusch reißt und ich die Reste des Slips in Händen halte. Ich werfe sie achtlos auf den Boden.

»Braden!« Lilly lacht leise auf, der Ton fährt mir direkt in die Lenden und macht mich noch geiler. Doch als ich mich endlich auf sie werfen will, stemmt sie ihre kleinen Hände gegen meine Brust und hält mich zurück. »Warte. Leg dich auf den Rücken«, flüstert sie. Ihr Mund ... so verheißungsvoll. So süß. So verlockend wie eine reife Kirsche. Stöhnend gehorche ich und drehe mich um, dann sehe ich atemlos zu, wie sie auf mich klettert und ihren Rock weiter nach oben schiebt. Ihre Spalte glänzt. Deutlich erkenne ich jedes Detail, als sie die Schenkel weiter spreizt und anfängt, sich an meinem Schaft zu reiben. Mein Stöhnen gerät außer Kontrolle, genauso wie mein Schwanz. Das Blut pocht heftig in meiner Eichel, und ich halte ihre Hüften mit beiden Händen, damit sie ... oh Gott.

»Fuck, Lilly«, höre ich mich selbst stöhnen. Mein Gehirn ist längst blutleer, ich kann nicht mehr klar denken. Sehe nur noch ihre festen Brüste, während sie sich auf die Lippe beißt und sich entsetzlich langsam auf mich herabsenkt. Mein Schwanz dringt ein, Millimeter für Millimeter. Kalter Schweiß tritt mir auf die Stirn; ich muss die Zähne zusammenbeißen, um mich zu beherrschen.

Zum Glück dauert es nicht lange. Sie gibt die sinnlichsten Laute von sich, die ich je gehört habe, als mein Schaft endlich komplett in ihr steckt. Als sie anfängt, sich auf mir zu bewegen. Ihre Hüften vor und zurück wiegt, ihren Schoß an mir reibt. Ich spüre ihre inneren Muskeln, wie sie sich um meinen Schwanz legen und lustvoll zucken. Und dann höre ich auf, zu denken. Bin nur noch Körper, nur noch geil. Mein Schwanz hat das Regiment übernommen und stößt zu. Immer wieder. Ihr Becken kreist auf mir, selbstvergessen. Mit geschlossenen Augen legt sie die Hände auf meine Brust und stützt sich ab. Schneller. Immer schneller. Nasser. Oh Gott, so nass. So eng. So warm. Schweiß. Zucken. Pulsieren. Schmerz, als ich mir auf die Lippe beiße. Ich finde ihre Hand, schlinge meine Finger in ihre. Halte sie fest. Halte uns fest. Sie sieht mir in die Augen, die Lippen geöffnet.

Weiße Zähne blitzen feucht zwischen dem sündigen Rot. Schweiß auf ihrer Stirn. Ihr rotes Haar in wirren Strähnen um das schöne Gesicht herum. Ich ziehe sie zu mir runter, meine Hände in ihren, um sie zu küssen. Mit der Zunge in ihrem köstlichen Mund zu spielen. Atme sie ein, während sie auf mir reitet, selbstvergessen ihr Becken über meine Lenden kreisen lässt, in ihrem eigenen Rhythmus.

»Ah, Gott, ich komme, Braden«, keucht sie. »Ich komme!« Ihre Worte reißen meine mühsame Zurückhaltung ein wie ein Bulldozer. Ich lasse endlich los, und wir kommen gleichzeitig. Zwei Körper, ein einziges Pulsieren, Zucken, Stöhnen. Ein wilder Tanz unserer Hüften, die sich wieder und wieder treffen. Alles vermischt sich, und ich kann nicht aufhören, sie dabei anzusehen. Ihr Gesicht zu beobachten. Die Röte, die über ihre Brüste nach oben kriecht und ihre Wangen leuchten lässt, während sich ihre Muskeln fest um meine Erektion schmiegen und mich zum Explodieren bringen.

•

»Woher wusstest du, dass ich es mag, wenn du mich so benutzt?«, frage ich, als sie schwer atmend auf mir liegt, ihre warme Wange auf meiner Brust. Ihr rotes Haar in meinem Gesicht. Ich lasse es dort.

»Das mag doch jeder Mann, oder nicht?« Sie hebt den Kopf ein wenig an und lächelt. Ich streiche mit dem Daumen über ihre Wange. Ihr Körper fühlt sich so gut an auf meinem. So warm und sexy. Ich wünschte, ich wäre noch mal achtzehn oder neunzehn und könnte gleich wieder. Leider brauche ich in meinem Alter ein paar Minuten zur Erholung. Der Geist ist willig, aber das Fleisch ...

»Du bist so wunderbar, meine Schöne«, flüstere ich und küsse sie wieder. Sie gibt Töne von sich, die an eine schnurrende Katze erinnern. Wir sind beide weich und entspannt, und langsam meldet sich auch mein Hunger zurück. In meiner Hosentasche, die auf dem Boden liegt, vibriert mein Handy.

»Willst du nicht rangehen?«, fragt Lilly schläfrig, nachdem es sich zum dritten Mal gemeldet hat. Ein Blick auf die Uhr genügt mir um zu wissen, wer mich da anruft. Ich werde den Teufel tun und diesen Anruf beantworten. Das hätte ich auch nicht getan, wenn ich allein gewesen wäre.

»Nein, nicht nötig«, antworte ich ausweichend.

Lilly sieht mich an. »Vielleicht ist es wichtig?«

Das Handy brummt wieder. Knurrend taste ich auf dem Boden nach meiner Hose, wühle in den Taschen, bis ich das blöde Telefon gefunden habe, und schalte es aus. »Jetzt ist Ruhe.«

Sie legt den Kopf schief und mustert mich eindringlich. »Willst du nicht wenigstens nachsehen, wer es war?«

»Ich bin mit dir zusammen. Da ist es mir egal, wer anruft«, sage ich und küsse sie. Lege eine Hand in ihren Nacken und ziehe ihr Gesicht dicht an meins. Der Kuss dauert nur ein paar Sekunden, ihr Mund bewegt sich träge unter meinem. Es ist spät und sie ist sicher müde.

»Jetzt sollte ich aber wirklich gehen«, sagt sie und

macht Anstalten, aufzustehen. Ich halte sie mit beiden Armen fest und suche ihren Blick. »Bitte bleib, Lilly.«

»Ich kann nicht, Braden.« Wieder ein Versuch, sich aus meiner Umklammerung zu lösen, doch auch der bleibt chancenlos. Sie kichert. »Lass mich bitte los. Ich muss mal …«

»Na gut. Aber komm zurück, hörst du?« Widerstrebend entlasse ich sie aus meinem Griff und beobachte, wie sie ihren Rock nach unten schiebt und ihren BH vom Fußboden angelt. Enttäuschung arbeitet sich durch meine Eingeweide, aber ich sage nichts. Habe ich ihr nicht vorhin selbst zugestanden, dass wir uns Zeit lassen? Verdammt, ich sollte dabei bleiben, auch wenn es mir schwer fällt.

Ich möchte neben ihr einschlafen. Sie die ganze Nacht im Arm halten. Es ist lange her, dass ich diesen Wunsch bei einer Frau verspürt habe. Sehr lange. Und ich hatte ihn damals schon, vor fünf Jahren. In jener Nacht, in der wir uns zum ersten Mal liebten und die seither mein Leben bestimmt. Keine Frau nach ihr löste diese Wünsche in mir aus, aber jede musste sich mit ihr vergleichen lassen – und konnte dabei nur verlieren.

Jetzt, wo sie zum Greifen nah ist, will ich sie festhalten. Für immer.

Ich stehe auf, nachdem sie das Wohnzimmer verlassen hat, und schenke Rotwein nach. Trinke einen Schluck, während ich zum Fenster schaue. Die grauen

Vorhänge verbergen die Außenwelt vor uns, und uns vor den anderen. Es ist nicht unmöglich. Es ist möglich, mit ihr zusammen zu sein, ohne ihre Zukunft zu ruinieren, da bin ich mir sicher. Ich werde jedenfalls darum kämpfen, mit allen Mitteln. Und zu diesen Mitteln gehört auch Kristen. Als ich höre, dass Lilly das Bad verlassen hat und zurückkommt, reift der Entschluss in mir. Manchmal muss ein Mann tun, was ein Mann eben tun muss.

Lilly

Bradens Blick ähnelt dem eines Welpen und bringt mein Herz dazu, sich schmerzhaft zusammenzuziehen. Nackt und selbstverständlich liegt er auf dem Sofa, beobachtet mich, während ich mich anziehe. Im Halbdunkel, denn im Gegensatz zu ihm fühle ich mich nackt nicht besonders wohl.

»Braden, ich …«, setze ich an, als er mich ruckartig nach hinten zieht. Auf seinen Schoß. Ich muss lachen, ein Bein bereits im Rock, das andere nackt in der Luft. »Braden, bitte. Ich möchte wirklich nach Hause«, sage ich leise. Mein Herz pocht schneller, als sein Blick sich verfinstert.

»Wieso? Da wartet doch niemand auf dich, und hier ist es warm und gemütlich. Ich beziehe auch das Bett neu, wenn dir das wichtig ist.«

»Unsinn.« Kopfschüttelnd stehe ich wieder auf und ziehe den Rock über meine Hüften.

»Ist es wegen des Anrufs? Es war wirklich nichts, Lilly, ich schwöre. Eine alte Bekannte, die nicht akzeptieren kann, dass wir uns nicht mehr sehen.«

Ich hebe den Kopf und mustere ihn mit zusammengekniffenen Augen. »Was genau soll das bedeuten?«

Braden seufzt, dann richtet er sich auf dem Sofa auf. Seine Nacktheit irritiert mich, weil ich nicht weiß, wo ich hinsehen soll. Oder besser gesagt – wo ich nicht hinsehen sollte. Sein muskulöser Oberkörper ist auch in diesem Zwielicht gut zu erkennen und löst erneut prickelndes Verlangen in mir aus. Verlangen nach ihm, das ich verzweifelt zu unterdrücken versuche.

»Du hast hoffentlich nicht angenommen, dass ich die letzten fünf Jahre abstinent gelebt habe?« Er grinst breit und beugt sich vor, um nach seinem Glas zu greifen.

»Nein«, antworte ich zögerlich. »Natürlich nicht. Aber ...?«

»Ich hatte lange keine feste Beziehung mehr, aber ein paar ... Affären natürlich. Hin und wieder. Aber schon nach deinem ersten Besuch bei mir im Büro habe ich alle Brücken zu anderen Frauen abgerissen.«

Ich schnappe nach Luft. »Aber wir ... Du wusstest doch da noch gar nicht, dass wir ...?«

»Nein, Lilly.« Er sieht mich über den Rand seines Glases hinweg an. Sein Gesichtsausdruck ist weich geworden. »Das wusste ich nicht. Aber ich wollte es. Ich wollte dich. Nur dich. Und es war unvorstellbar für mich, danach noch mal mit einer anderen Frau ins

Bett zu gehen.«

Mein Gesicht wird heiß. Mit einem unterdrückten Stöhnen setze ich mich neben den nackten Braden aufs Sofa, aber so weit entfernt, dass ich seine warme Haut nicht berühren muss. Trotzdem ist seine Nähe, der Duft seines erhitzten Körpers, der Duft nach Sex so intensiv, dass ich eine Gänsehaut bekomme. Überall.

»Bitte bleib, Schönheit«, sagt er noch einmal leise und legt eine Hand auf mein Knie. Meine Beine zittern. »Normalerweise bin ich froh, wenn die Frauen vor dem Frühstück wieder abhauen. Aber ich möchte, dass dein schönes Gesicht das Erste ist, was ich beim Aufwachen sehe. Es ist sowieso das Erste, woran ich denke, also …«

»Braden, ich … ich kann nicht.« Kopfschüttelnd stehe ich auf, und Braden lässt sich rücklings aufs Sofa fallen. Der Anblick seiner Nacktheit, seines wunderschönen, muskulösen Körpers quält mich entsetzlich.

»Gib mir etwas Zeit«, versuche ich zu retten, was zu retten ist. »Ich brauche einfach mehr Zeit. Ich bin noch nicht so weit. Ich muss das alles erst irgendwie verarbeiten. Und ich brauche Zeit, um dir vertrauen zu können. Vertrauen braucht Zeit.«

»Nein.« Er presst die Kiefer fest aufeinander, seine Augen sind dunkel geworden. Ich bücke mich nach meiner Handtasche, um ihn nicht länger ansehen zu müssen. »Vertrauen erfordert Mut. Du aber hast einfach nur Angst. Angst davor, zu scheitern. Angst,

Fehler zu machen. Angst, eine Entscheidung zu treffen. Du willst den Krieg mit deinem Ex-Mann beenden, und vielleicht willst du sogar mit mir zusammen sein. Aber du traust dich nicht.«

»Was soll das …«, setze ich an, doch er unterbricht mich. Seine Stimme klingt gepresst.

»Ich bin bereit, auf dich zu warten, Lilly. Aber spiel nicht mit mir. Ich habe zu viele Frauen erlebt, für die ich nur eine Übergangsstation war. Ein Sprungbrett aus einer unglücklichen Beziehung. Es hat mir nichts ausgemacht, weil es immer auf Gegenseitigkeit beruhte. Ich war nur an lockeren Affären interessiert, an unverbindlichem Sex und ein bisschen Spaß in der Freizeit, deshalb war es okay. Aber es würde mich umbringen, wenn das mit uns passiert.«

Ich schlucke trocken. »Genau deshalb möchte ich es lieber langsam angehen lassen«, sage ich. »Dass wir uns erst besser kennenlernen. Und vor allem aber möchte ich erst einen dicken, fetten Strich unter meiner ruinierten Ehe ziehen, bevor ich mich in die nächste stürze.«

Braden zieht einen Mundwinkel nach oben. »Wann genau habe ich dir einen Antrag gemacht? War ich betrunken?«

Ich muss lachen. »Unsinn, natürlich hast du das nicht. Aber ich hoffe, du verstehst, was ich dir sagen will?«

»Sicher, Schönheit.« Er steht auf und zieht mich an

den Hüften an seinen nackten Körper. Der Geruch und das Gefühl seiner Haut unter meinen Fingern lässt mein Herz wieder schneller schlagen. »Ich kann dir aber nicht versprechen, dich nicht zu begehren, Lilly. Denn das ist leider unmöglich. Damit musst du also leben.«

»Ich hatte ja nicht gesagt, dass ich keinen ... also, dass wir nicht ... oh Gott, Braden.« Mit einem leisen Stöhnen versuche ich, ihn von mir zu schieben, weil seine Lippen plötzlich überall sind. Seine Hände über meinen Körper wandern. Meinen Rock wieder nach oben schieben.

»Komm mit ins Schlafzimmer«, raunt er heiser in mein Ohr. Ich spüre seinen warmen Atem, erschauere, als er meinen Hals küsst und zärtlich daran knabbert.

»Ich muss nach Hause«, sage ich unter Aufbietung all meiner Disziplin, und bin doch enttäuscht, als er mich abrupt loslässt und sich abwendet.

»Rufst du mich an?«, frage ich und fahre mir durch die Haare. Er kehrt mir den Rücken zu, geht zum Fenster und stützt beide Hände gegen den Fensterrahmen. Mit gesenktem Kopf höre ich, wie er tief und ruhig atmet, als ob er sich beruhigen müsste. Meine Knie werden seltsam weich. »Braden?«

»Mach ich. Ich hätte dich auch nach Hause gebracht, aber du ...«

»Schon gut«, unterbreche ich ihn und werfe meine Handtasche über die Schulter. »Ich bestell mir einen

Wagen. Bis ... bald.«

Unschlüssig bleibe ich in der Tür stehen, aber da er nicht reagiert und keine Anstalten macht, sich noch einmal zu mir umzudrehen, gehe ich.

Draußen ist es dunkel und still. Ich mag die Stadt um diese Zeit, weil sie selten wirklich schläft, aber in den frühen Morgenstunden liegt ein ganz besonderer Zauberer über allem. Wie ein Schleier, der Geräusche und Farben dämpft und die unschönen Dinge einfach gnädig überdeckt. Über meine App auf dem Handy bestelle ich ein Taxi, dann drehe ich mich um und schaue noch einmal nach oben zum Fenster. Bradens Silhouette ist deutlich zu erkennen und ich lächle in seine Richtung, aber es kommt keine Reaktion.

Mein Herz zieht sich zusammen. War es falsch, ihn so abzuweisen? Ich weiß nicht, was ich tun soll. Ich will mit ihm zusammen sein, aber ich habe Angst, enttäuscht zu werden. Angst, es nicht zu schaffen. Ich habe schon einmal versagt, denn mir ist klar, dass meine Ehe auch meinetwegen so war, wie sie eben war. Nüchtern, gefühllos, routiniert. Mein Mann hat schon kurz nach unserer Hochzeit mit seinen Affären angefangen, also war ich offenbar nie gut genug für ihn. Was, wenn ich auch nicht gut genug bin für Braden? Was, wenn es wirklich nur um Sex geht? Um diese enorme, körperliche Anziehungskraft? Was kommt danach?

Gedanken kreisen durch meinen Kopf und lassen

mich auch nicht los, als Minuten später ein silberner Mercedes auftaucht und mich einsammelt.

Lilly

Melanie winkt mir schon strahlend, als ich den Türgriff des Coffee Shops noch in der Hand halte. Wie an jedem Tag in dieser Woche wartet sie auf mich, pünktlich zu Beginn meiner Mittagspause. Lächelnd gehe ich auf sie zu und nicke zur Theke, weil die junge Servicekraft natürlich weiß, was ich trinken möchte. Ich bin ein schrecklicher Gewohnheitsmensch, und an manchen Tagen ärgere ich mich selbst darüber. Wünsche mir, aus meinen Routinen auszubrechen und irgendetwas Neues zu erleben. Gleichzeitig habe ich zu viel Angst davor, obwohl mich genau diese Gewohnheitsliebe so lange an Jonathan gebunden hat, was mir heute idiotisch vorkommt. Ich hatte Angst davor, allein zu sein, und musste später feststellen, dass es so viel schlimmer ist, mit jemandem zusammen zu sein, mit dem einen nichts mehr verbindet. Der meistens einfach nur da ist, aber doch nicht wirklich anwesend.

»Ich hab schon bestellt.« Melanie deutet auf den Becher vor sich.

»Oh Gott, vielen Dank! Das ist lieb«, sage ich und

drehe mich zur Bedienung um, die mir zuzwinkert. Ein seltsames Gefühl überkommt mich. Mehr als eine flüchtige Bekanntschaft aus einem Coffee Shop ist Melanie nicht für mich, obwohl sie mir schon in den letzten Tagen Dinge anvertraut hat, die andere nicht mal ihrer besten Freundin erzählen würden. Aber vielleicht ist ihr Leben ganz ähnlich wie meins im Moment und sie hat sonst gar keine beste Freundin mehr. So wie ich. Der Gedanke versetzt mir einen Stich, den auch der nach Schokolade duftende Kaffee nur kurzfristig lindern kann. Ich vermisse Kristen. Sehr. Sehr viel mehr als Jonathan, jedenfalls.

»Was macht die Arbeit?«, fragt Melanie. Sie trägt einen knallroten Wollpullover, der weich und teuer wirkt und ein sehr tiefes Dekolleté aufweist, und einen engen schwarzen Rock, von dem ich nicht erkennen kann, wie kurz er ist. Ihre Beine werden vom Tisch verdeckt. Ich zupfe meine Bluse zurecht und zucke mit den Achseln.

»So wie immer«, antworte ich ausweichend. Dass Ken mich gestern schon wieder zusammengefaltet hat wegen eines kleinen Fehlers, mag ich ihr nicht erzählen. Mein privates Scheitern ist mir peinlich, das berufliche allerdings noch viel mehr.

»Dein Name ist wunderschön. Lilian. Das klingt so ... weich. So nett.« Sie lächelt, was ich zu erwidern versuche. Etwas an ihr irritiert mich. Es ist nicht nur ihre Art, die fast aufdringlich wirkt. Das Flackern in ihrem Blick, der suchend und unruhig wirkt. Vielleicht liegt es daran, dass ihre Hände den Kaffeebecher so verzweifelt umklammern, dass ihre Finger knochig wirken. Oder daran, dass sie mir nicht lange genug in die Augen sieht, wenn ich rede. Es ist ein Instinkt, nichts Greifbares, und ich ärgere mich darüber. Es gibt gar keinen Grund für dieses Misstrauen; sie ist freundlich, nett und offenbar daran interessiert, mich besser kennenzulernen. Ich sollte Menschen einfach wieder eine Chance geben, ermahne ich mich selbst und nippe an meinem Kaffee, während sie von ihrer Arbeit als Biologin erzählt.

»Es scheint dir heute besser zu gehen«, sage ich in eine Pause ihrer Erzählung hinein. Mein Magen knurrt, weil ich heute kein Frühstück hatte. Ich war erst mitten in der Nacht zu Hause und hätte zu allem Überfluss auch noch fast verschlafen. Das wäre nur Wasser auf Kens Mühlen gewesen und vermutlich Grund genug für eine weitere Abmahnung. Ich muss vorsichtig sein, obwohl mir schon klar ist, dass ich meinen Job nicht mehr lange behalten kann. Dafür wird Jonathan schon sorgen. Mein Magen ballt sich zu einem Knoten zusammen, und der Anflug von Hunger verschwindet sofort wieder.

»Ja, ich weiß auch nicht ... Der Gedanke, dich heute wiederzutreffen, hat mich irgendwie aufgeheitert. Ich hoffe, ich komme nicht allzu komisch rüber, Lilian.« Sie legt den Kopf schief. Ihre Oberlippe ist sehr schmal, die Unterlippe dafür verführerisch prall. Der Schmollmund verleiht ihrem Gesicht einen etwas zickigen Ausdruck, wofür sie vermutlich nichts kann.

»Nein, kein Problem. Ich finde es durchaus erfrischend, jemanden zu treffen, der so ehrlich ist«, gebe ich zu, und sie lacht verlegen.

»Danke. Es ist normalerweise nicht meine Art, aber schon, als ich dich am Montag hier sitzen sah, fühlte ich mich gleich von dir angezogen. Seltsam, oder? Vielleicht gibt es Liebe auf den ersten Blick nicht nur zwischen Paaren, sondern auch unter Freunden?«

Oha. Ich beiße mir auf die Lippe, um mein Lächeln zu unterdrücken. Liebe auf den ersten Blick? Melanie ist offenbar ziemlich ... theatralisch, und das ist so gar nicht mein Ding. Aber wer ist schon perfekt? Wenn man auf den perfekten Menschen warten wollte, bliebe man bis zum Ende seines Lebens einsam.

»Ja, wer weiß«, antworte ich daher nur und nippe wieder an meinem Kaffee.

»Also, wer ist der Glückliche?« Ihr Lächeln verzieht sich zu einem breiten Grinsen.

»Wie bitte? Was meinst du ...?«, frage ich verdutzt, und sie unterbricht mich.

»Komm schon. Du strahlst wie ein gerade entjungfertes Mädchen. Man sieht dir von weitem an, dass du frisch verliebt bist. Stimmt es etwa nicht?«

»Ein bisschen.« Meine Hände fangen an zu kribbeln, ich setze den Kaffeebecher ab. »Es ist noch alles sehr neu, und ich komme gerade aus einer langen, aber leider nicht besonders glücklichen Beziehung. Deshalb möchten wir uns Zeit lassen.«

Melanie nickt. »Das ist vernünftig. Vor allem, weil man in der ersten Verliebtheit so einige Fehler am anderen übersieht, die nachher die ganze Beziehung ruinieren können. Man fragt sich dann Jahre später, wie man so lange so blind sein konnte.« Sie schüttelt mit zusammengepressten Lippen den Kopf und sieht an mir vorbei zum Fenster.

»Aber das ist doch auch gerade das Schöne an der ersten Verliebtheit. Dass man den anderen für perfekt hält«, wende ich ein. »Dieses Kribbeln im Bauch. Das Herzflattern, wenn man ihn sieht. Wenn man sich küsst. Der Gedanke, endlich den Menschen gefunden zu haben, der einen auch ohne Worte versteht. Den man nur ansehen muss, um zu wissen, was er gerade denkt. Der bereit ist, sein ganzes Leben mit einem zu teilen und sein Innerstes nach außen zu kehren.«

Melanie öffnet den Mund, schließt ihn aber gleich wieder. Ich sehe sie fragend an.

»Oder nicht?«

»Ja, vielleicht«, antwortet sie. Ihre Stimme klingt brüchig. »Der Sturz ins Bodenlose ist aber umso schlimmer, je verklärter das Bild des anderen vorher war. Wenn man erst nach Jahren merkt, dass man dem anderen nicht das bedeutet hat, was man sich erhofft hat. Dass man nur eine belanglose Affäre war und nicht die ganz große Liebe.«

»Ja, das tut weh«, sage ich leise. »Das weiß ich.«

Weiß ich es wirklich? Mir war relativ früh klar, dass die Ehe mit Jonathan eher eine Vernunftehe war. Ich war froh und dankbar für den Mann, der mich versorgte und mir ein sorgenfreies Leben ermöglichte, und er war offenbar froh über eine einfache, zuverlässige Frau, die ihm eine skandalfreie Ehe bescherte. Große Gefühle? Nicht wirklich. Natürlich hatten wir Gefühle füreinander, aber verglichen mit dem, was ich heute für Braden empfinde, waren sie ziemlich lau. Wie eine schlecht gewürzte Suppe.

Man kann sie essen, sie ist genießbar und man wird nicht krank davon; sie stillt sogar den Hunger, aber die große kulinarische Offenbarung ist sie nicht. Das weiß man aber erst, wenn man mal in den Genuss einer großartigen Suppe eines talentierten Kochs kommt. Hausmannskost schmeckt so lange gut, bis man seinen Gaumen mit kulinarischen Raffinessen verwöhnt hat. Den Unterschied zwischen lau und heiß muss man erleben und spüren, sonst kennt man ihn nicht. Ich habe ihn bereits vor meiner Hochzeit erlebt, dieses Gefühl aber jahrelang einfach verdrängt. Heute weiß ich, dass ich besser schon damals keine Kompromisse eingegangen wäre. Warum lernt man so vieles im Leben viel zu spät? Man sollte in der Jugend schon so klug sein wie im Alter, dann würde man sich eine Menge Fehler und Kummer ersparen.

»Man muss den Mann seines Herzens früh genug gründlich auf die Probe stellen.« Melanie schwenkt ihren Kaffeebecher wie einen Kelch bei einer Weinprobe. »Man muss sicher sein, dass er der Richtige ist, bevor man die besten Jahre an einen Idioten verschenkt, der einen nicht zu schätzen weiß.«

»Du hast die besten Jahre doch noch vor dir«, versuche ich, sie zu trösten. »Ich bin mir sicher, dass du den richtigen Mann auch noch findest.«

Sie lacht traurig. »Ich werde in drei Jahren vierzig, Lilian. Meine besten Jahre liegen hinter mir, der erste Lack ist doch schon ab. Männer in meinem Alter suchen sich jüngere Frauen, mit denen sie die Zukunft vor Augen haben. Keine Frau mit Torschlusspanik kurz vor dem vierzigsten Geburtstag, die ihnen schneller Haus und Kind andreht, als sie *Top Gear* sagen können.«

Ich muss grinsen. »Das glaube ich nicht. Es muss doch Männer im passenden Alter geben, die auch eine Familie gründen wollen?«

Melanie zuckt die Achseln. »Keine Ahnung. Wieso begegnet mir keiner von denen? Die Männer, die ich kennenlerne, haben kein Interesse an einer festen Beziehung. Sie wollen nur ihren Spaß, und sobald es ungemütlich wird, sind sie weg. Oder sie tun so, als wäre es ihnen ernst, und halten dich auf diese Weise jahrelang hin. Ich bin echt fertig damit.«

Ich weiß nicht recht, was ich dazu sagen soll. Wie

kann ich sie beruhigen oder gar trösten? Die Zeit sitzt mir im Nacken; nach der Abmahnung am Montag sollte ich tunlichst die Mittagspause nicht mehr überziehen. Ich bin mir ziemlich sicher, dass Ken schon auf mich lauert und nur darauf wartet, dass ich einen Fehler mache. Aber ich möchte auch nicht unhöflich wirken auf meine neue Bekanntschaft.

»Melanie, ich muss leider wieder rüber ...«, setze ich an, doch sie reagiert nicht auf meinen Einwand und spricht einfach weiter.

»Wahrscheinlich sind alle Männer heutzutage beziehungsgestört. Weil sie selbst aus zerrütteten Elternhäusern stammen und sich deshalb erst gar nicht binden wollen. Lauter Egoisten, die nur an sich denken und keine Lust auf Kompromisse haben. Nur das eigene Vergnügen zählt.«

Ich trinke den letzten, lauwarmen Schluck von meinem Kaffee und stehe auf. »Ich glaube nicht, dass alle Männer so sind. Oder alle Menschen. Man muss halt nur den Richtigen finden, und der wird dann auch nicht lange zögern.«

»Bist du nächste Woche wieder hier?«, fragt sie und sieht mich plötzlich an. Ihre Augen schimmern.

»Ja, schon ...«, sage ich unsicher. »Wie jeden Mittag.« Eigentlich esse ich auch jeden Mittag hier, aber seit zwei Wochen muss ich mich zum Essen regelrecht zwingen. Das Leben ist mir gründlich auf den Magen geschlagen.

»Dann sehen wir uns Montag.« Sie strahlt. »Der Kaffee geht auf mich! Ach, und …« Sie bückt sich und hebt ihre Handtasche auf, aus der sie eine Visitenkarte hervorzieht. »Meine Handynummer. Vielleicht können wir mal zusammen essen gehen und in Ruhe reden? Wenn du magst.«

»Danke.« Ich nehme die Karte und schiebe sie in meine Tasche. »Ich melde mich sicher bei dir, aber im Moment habe ich wenig Zeit.«

Sie sieht mich erwartungsvoll an, doch es dauert ein paar Sekunden, bevor ich verstehe. »Ach, entschuldige bitte. Hast du …« Bevor ich die Frage ausgesprochen habe, zückt sie auch schon einen Kugelschreiber und reicht ihn mir. Dann schiebt sie ihre Serviette über den Tisch zu mir und nickt. Ich kritzle meine Handynummer auf das Papier.

»Wie gesagt, im Moment ist viel los bei mir, aber vielleicht … ja, warum nicht?«

Lächelnd verabschiede ich mich und gehe mit flauem Gefühl ins Büro zurück. Mein Bauch hat mich nicht getäuscht, denn im Posteingang wartet eine E-Mail von Ken auf mich, die meinen Blutdruck in ungesunde Höhen treibt. Was zum Geier …? Oh mein Gott! Das darf doch wohl nicht wahr sein! Hitze durchschießt mich, unter meinen Achseln bildet sich Schweiß. Ich muss mich setzen.

Das war es dann wohl für mich. Aber wie um alles in der Welt konnte das passieren? Auf dem Monitor prangt mir meine eigene Nachricht entgegen, die allerdings nicht an ihn, sondern an meine Kollegin Nicole gerichtet war. Jedenfalls war ich mir sicher, dass ich Kens ruppige E-Mail bezüglich des MGM-Vertrages heute Morgen an sie weitergeleitet hatte, mit dem Kommentar

Wie ich schon sagte – der Idiot hat absolut kein Verhandlungsgeschick. Wie verhindern wir, dass er mit dem Arsch einreißt, was wir beide mühsam aufgebaut haben?

Freue mich, wenn Du endlich aus dem Urlaub zurück bist und ich nicht mehr allein in diesem Affenstall saubermachen muss.

Nur leider habe ich die Mail offenbar nicht weitergeleitet, sondern versehentlich *beantwortet*! An Ken! Mir wird abwechselnd heiß und kalt. Die Antwort meines Chefs ist kurz, aber der Tonfall unmissverständlich.

Komm sofort in mein Büro, Lilian!

Oh verdammt. Mir wird schlecht.

Braden

Unruhig betrachte ich den Blumenstrauß auf meinem Schreibtisch und drehe die beiliegende Karte in den Händen hin und her. Ich muss nicht nachsehen, wer mir diese Rosen geschickt hat. Seit Wochen schickt Stephanie mir Rosen, mit immer derselben Nachricht. Ihre ständigen Anrufe ignoriere ich, so gut ich kann, aber langsam reicht es.

Seufzend drücke ich auf den Knopf der Gegensprechanlage und zitiere Maggy in mein Büro. Sie taucht nur Sekundenbruchteile später in meiner Tür auf und wie so oft denke ich darüber nach, ob ich ihr sagen kann, dass ihre Röcke für ihr Alter – und diesen Arbeitsplatz – zu eng und mindestens zehn Zentimeter zu kurz sind. Aber ich lasse es. Bisher hat sich noch kein Mandant darüber beklagt, also soll es mir doch egal sein. Konventionen sind für Leute, die keine eigene Meinung haben, und dazu gehöre ich nun wirklich nicht.

»Maggy, bist du so lieb und nimmst die Rosen mit?« Maggy grinst. »Schon wieder? Der Strauß von letzter

Woche steht immer noch in meiner Küche und ist noch taufrisch. Stephanie scheint es ernst zu meinen.« Sie schnalzt mit der Zunge, nimmt das üppige Bouquet aber trotzdem an sich. »Wie wär‘s mit einem Kaffee?«

»Gern, danke.« Am liebsten mit Whisky, den könnte ich gerade ganz gut gebrauchen. Aber fünfzehn Uhr ist sogar für mich zu früh, auch an einem Freitag. Maggy verschwindet mitsamt der Rosen. Der Brief von Jonathan Palmer nagt an mir. Seit Montag versuche ich, eine gewaschene Antwort zu verfassen, aber ich bin ein wenig ratlos. Es geht nicht ohne Kristen, das ist mir klar. Auch wenn Lilly es vermeiden möchte, aber ich will diese Sache endlich beenden, damit sie frei ist. Für mich. Ich bin nicht bereit, sie aufzugeben. Entschlossen greife ich zum Telefon und rufe Kristen an.

»Ja?« Ihre Stimme klingt wenig selbstsicher. Ganz anders als sonst, wenn ich sie mal vor Gericht treffe. Ihr Spitzname unter den Kollegen lautet *Schneekönigin*, und den hat sie nicht ohne Grund bekommen.

»Kristen, hier ist Braden Bennet. Hast du eine Minute für mich?«

Stille. Ich höre etwas rascheln, dann räuspert sie sich. »Ja, sicher. Was kann ich für dich tun?«

»Jonathan hat die Scheidung angefochten«, falle ich gleich mit der Tür ins Haus. Mir ist nicht nach höflichem Small Talk, der würde mir nur wertvolle Zeit rauben. Seit Lilly wieder in mein Leben getreten ist, ist jede Minute kostbar für mich. Weil jede Minute, die ich zu lange in diesem Büro verbringe, von meiner Zeit mit Lilly abgeht, und das will ich nicht zulassen. »Er bestreitet ebenfalls, der Vater deines Kindes zu sein. Ich nehme an, dir ist klar, was das bedeutet?« Ich tippe mit dem Kugelschreiber auf dem Tisch und strecke die Beine aus. Durch die Tür höre ich Maggy gedämpft mit einem Mandanten sprechen.

»Ja, das ist mir klar«, antwortet sie leise. »Weiß Lilly davon?«

»Natürlich weiß Lilly davon. Wir halten uns zurück, solange die Scheidung nicht rechtskräftig ist. Es hängt zu viel davon ab für sie. Ich will die Sache aber so schnell wie möglich hinter uns bringen. Und in Anbetracht der Tatsache, dass du mit dem Mann deiner besten Freundin geschlafen hast, solltest du …«

»Ich weiß, Braden«, unterbricht sie mich scharf, dann seufzt sie. »Tut mir leid, ich bin … Ich werde es natürlich tun. Lilly zuliebe. Mein schlechtes Gewissen frisst mich auf, und ich vermisse sie sehr, Braden. Aber ich weiß, dass ich das nie wieder gutmachen kann, auch wenn die zwei schon lange keine funktionierende Ehe mehr hatten, als es passiert ist.«

»Das spielt keine Rolle, Kristen«, bestätige ich. »Verrat ist Verrat.«

»Ja, so ist es wohl. Es fragt ja niemand danach, wer der größere Verräter ist.« »Kristen, es tut mir leid, dass Jonathan dich so eiskalt abserviert hat. Aber jetzt geht es um Lilly und ihre Zukunft. Um *unsere* Zukunft.« Ich lege die Beine auf den Tisch und überkreuze die Knöchel. »Da du etwas für sie tun kannst, solltest du das auch, finde ich.«

»Ich versuche es so schnell wie möglich. Ich lasse dich wissen, wenn ich einen Termin habe.«

»Gut. Und danke.« Das Gespräch vor meiner Tür wird lauter, an Maggys schrillem Ton erkenne ich, dass etwas nicht in Ordnung ist. Sofort bin ich alarmiert. »Ich muss Schluss machen, Kristen. Ruf mich an, sobald du etwas weißt, ja?«

»Mach ich. Versprochen. Und ... Braden?«

Unruhig stehe ich auf. »Ja?«

»Grüß Lilly von mir, bitte. Sag ihr, dass es mir leidtut. Alles.«

»Das werde ich«, lüge ich. »Bis bald.«

Ich lege das Telefon weg und reiße die Bürotür auf. Im Vorzimmer steht ein kleiner, runder Mann mit Halbglatze, der wild gestikulierend in einer mir fremden Sprache auf Maggy einredet. Auf ihrer Stirn zeichnen sich Schweißperlen ab, sie winkt mir hektisch.

»Was kann ich für Sie tun?«, frage ich den Typen, der sich sofort zu mir umdreht. Seine kleinen Augen blitzen, dann erzählt er wieder etwas in diesen eigenartigen gutturalen Lauten. Mit hochgezogenen Brauen sehe ich Maggy an.

»Mr Rutherford«, erklärt sie. »Und er weigert sich, Englisch mit mir zu reden.«

Grundgütiger. Seiner Aufregung nach zu urteilen,

hat seine Frau meinen Rat beherzigt und ihn verlassen. Was ich jetzt, nachdem ich ihn erlebt habe, gut nachvollziehen kann.

»Mr Rutherford«, rede ich beruhigend auf ihn ein und lege eine Hand auf seinen Oberarm. Er schüttelt sie sofort ab und mustert mich aus zusammengekniffenen Augen. »Wenn Sie nicht in einer Sprache mit mir reden, die ich verstehe, kann ich Ihnen nicht helfen. Tut mir leid. Klingonisch gehört leider nicht zu meinem Sprachschatz.«

»Sie haben meiner Frau gesagt, dass sie mich verlassen soll.« Ah, er kann es also doch. Gut so. Lächelnd lehne ich mich in den Türrahmen und verschränke die Arme vor der Brust. »Das ist richtig. Und wenn es nach mir ginge, das sage ich Ihnen gern gleich, hätte sie auch die Scheidung schon eingereicht. Sie ist allerdings entgegen meiner Empfehlung bereit, Ihnen eine letzte Chance einzuräumen.« Wie ein kleiner Stier walzt er auf mich zu und baut sich vor mir auf. Immerhin kann ich ihm jetzt direkt auf die Halbglatze schauen.

»Was erlauben Sie sich eigentlich, Sie eingebildeter Pinsel?«, brüllt er. »Wie kommen Sie dazu, meiner Frau zu sagen, dass mein Verhalten nicht normal ist?«

»Nun ...« Ungerührt betrachte ich den Wutzwerg vor mir und versuche, mir das ständige Grinsen zu verkneifen. »Ehrlich gesagt, finde ich Ihr Verhalten sogar so bemerkenswert, dass ich es in meinen Memoiren verewigen werde. Solche Fälle gibt es selbst in

England nicht allzu häufig, daher muss ich Ihnen fast dankbar sein für dieses Futter. Was genau hat Ihnen Ihre Frau denn gesagt?« Ich bin doch neugierig, wozu sich Mrs Rutherford entschieden hat.

»Sie hat ihre Kostüme im Vorgarten verbrannt, zur Belustigung aller Nachbarn. Und meine Klingonisch-Wörterbücher auch! Dann hat sie mich angeschrien, dass sie das Haus nie wieder betreten wird, solange ich mich weigere, vernünftig mit ihr zu sprechen.« Ich beiße mir auf die Lippe und nicke, um ihn zum Weiterreden zu animieren.

»Sie ist zu ihrer Schwester gezogen und weigert sich, zurückzukommen. Ich habe seit gestern nichts gegessen!«

Maggy gibt ein Glucksen von sich, bevor sie sich betont geschäftig über ihren Schreibtisch beugt und in irgendwelchen Unterlagen kramt.

»Dann würde ich Ihnen raten, sich Ihrer Frau gegenüber wieder wie ein normaler Mensch zu benehmen. Oder in einem Klingonen-Kostüm einsam zu verhungern. Ihre Entscheidung.«

»Das kann sie doch nicht machen! Sie hat keinen Job und kein Geld. Wovon will sie denn leben?« Er lacht verächtlich. Ich beuge mich ein wenig zu ihm runter, bevor ich antworte.

»Mr Rutherford, offenbar ist Ihnen der Ernst der Lage nicht klar. Ich bin Scheidungsanwalt, und zwar für Ihre Frau. Ich werde Sie bis auf die Unterhose ausziehen, wenn Ihre Frau die Scheidung einreicht. Dann werden Sie so viel arbeiten müssen, dass Sie sowieso keine Zeit mehr für Klingonen und Star Trek haben, weil der Unterhalt für Ihre Frau Sie ruinieren wird. Vielleicht möchten Sie noch mal darüber nachdenken, ob Sie Ihr Hobby nicht besser als Hobby betreiben und nicht als Lebensphilosophie? Es gibt sicher Stammtische oder andere Gruppen, mit denen Sie sich austauschen können. Aber lassen Sie Ihre Frau mit dem Unsinn in Ruhe.«

Er schnaubt und sieht mich kopfschüttelnd an. »Hätte ich mir denken können. Anwälte ... elendes Pack! Nur die Kohle im Sinn.«

»Richtig«, stimme ich ihm zu. »In diesem Fall habe ich nur die Kohle Ihrer Frau im Sinn, denn je höher Ihr Unterhalt ist, desto mehr verdiene ich. Sie verstehen also sicher, dass ich Sie nicht schonen werde, wenn es zur Scheidung kommt?«

Sein Gesicht verfärbt sich dunkelrot. »Sie hören von mir«, knurrt er, dann stapft er zur Tür. Erst jetzt bemerke ich die seltsam geformten Dolche, die an seinem Gürtel baumeln. Maggy wartet, bis die Tür hinter ihm zugefallen ist, dann bricht ein gackerndes Lachen aus ihr hervor.

»Du liebe Güte, was war *das* denn?«

»Das war Mr Rutherford. Seines Zeichens Klingonenkrieger«, sage ich, ebenfalls lachend. »Manche Dinge sind doch kaum zu glauben.«

»Allerdings nicht.« Maggy wischt sich eine Träne aus dem Augenwinkel und schüttelt den Kopf. »Und ich dachte, ich hätte ein hartes Los gezogen mit meinem Mann, weil der wie ein Kind jede freie Minute mit seinen Modellflugzeugen verbringt.«

»Solange er dich nicht zwingt, in einer Stewardessen-Uniform danebenzustehen, während er ... Ach du Scheiße«, sage ich, als Maggys Gesicht sich dunkel verfärbt.

»Nur manchmal«, raunt sie und zwinkert mir zu. »Aber ich hab nichts dagegen.«

Eilig gehe ich ins Büro zurück und ziehe die Tür hinter mir zu. Zu viele Informationen. Ernsthaft.

Lilly

Ich stehe auf der Straße. Im wahrsten Sinne des Wortes. *Auf der Straße.* Mein Herz schlägt so heftig, dass ich es im Kehlkopf spüre. Ich will Braden anrufen und mich von ihm trösten lassen, aber ich war diejenige, die mehr Zeit verlangt hat. Jetzt sollte ich auch nicht bei jeder Gelegenheit seine Unterstützung suchen, als ob ich allein nicht zurechtkäme. Das Problem ist nur – ich komme allein nicht zurecht! Ich fühle mich einsam und hilflos, und das ärgert mich mehr als die fristlose Kündigung, die Ken gerade ausgesprochen hat.

Natürlich könnte ich sie anfechten. Seine Erklärung, unser Verhältnis wäre nach so einer E-Mail zerrüttet, ist durchaus berechtigt. Aber ein Grund für eine fristlose Kündigung ist das ganz sicher nicht, dafür bin ich noch Anwältin genug. Trotzdem denke ich nicht mal daran, mich juristisch gegen die Kündigung zu wehren.

Ich umklammere meine Handtasche fester und löse meinen Pferdeschwanz, bis mir rote Strähnen ums Gesicht fallen. Es ist herbstlich in London; der Morgennebel hat sich zwar zum Glück verzogen, trotzdem lädt das Wetter nicht gerade zu Spaziergängen ein. Es sei denn man steht darauf, diese mit feuchten Klamotten und Matsch unter den Schuhen zu beenden. Mir ist auch nicht danach, spazieren zu gehen, aber ich weiß nicht, was ich sonst tun soll. Ich fühle mich wie betäubt. Ohnmächtig. Innerhalb weniger Wochen habe ich meinen Mann, mein Zuhause, meine beste Freundin und jetzt auch noch meinen Job verloren.

Ein Therapeut würde mir vermutlich raten, in den Urlaub zu fahren, um Abstand zu gewinnen. Aber daran ist ganz und gar nicht zu denken. Stattdessen stehe ich wie ein Idiot auf dem Gehweg rum, starre ins Leere und denke an – Braden. An sein Lächeln. Seine Augen. Seine Umarmung. Gott, ich fühle mich wie eine Alkoholikerin, die versucht, trocken zu werden. Wieso um alles in der Welt hatte ich die idiotische Idee, dass wir uns Zeit lassen sollen? Jetzt kann ich ihn nicht mal anrufen, ohne mein Gesicht zu verlieren, obwohl ich gerade nichts lieber tun würde. Die Sehnsucht nach ihm ist qualvoller als Hunger.

Noch bevor ich mich dazu aufraffen kann nach Hause zu fahren, entdecke ich ein bekanntes Gesicht in der Menge und erstarre. Mein Fluchtinstinkt setzt erst spät ein – viel zu spät. Allerdings beachtet sie mich gar nicht. Mit verquollenen Augen und strähnigen Haaren huscht sie an mir vorbei wie ein Gespenst, und ich muss dreimal hinsehen, um sicher zu sein, dass es sich wirklich um Kristen handelt. So desolat habe ich sie noch nie gesehen, nicht mal in ihrer schlimmsten Phase vor ein paar Jahren. Mein Herz schlägt schneller. Meine Beine wollen sich in Bewegung setzen und ihr nacheilen, aber ich bleibe stehen und schaue ihr nur hinterher. Ihre Haare flattern beim Gehen, und sie marschiert so stur geradeaus durch die Menschenmenge, als wäre sie gar nicht wirklich anwesend.

Ich erinnere mich an unsere gemeinsame Zeit an der Uni. Drei Jahre lang teilten wir uns ein Zimmer, und damals haben wir uns geschworen, dass nie ein Mann zwischen uns kommen würde. Warum sie das getan und ausgerechnet mit *meinem* Ehemann geschlafen hat, begreife ich einfach nicht. Der Wunsch nach einer Erklärung dafür wächst allerdings täglich. Mir war nie aufgefallen, dass zwischen den beiden irgendeine Art von Chemie bestanden hätte, im Gegenteil. Jonathan ließ selten ein gutes Haar an Kristen und mokierte sich über ihr Auftreten, ihre Frisur, ihre Kleidung ... eigentlich über alles.

Da sie während unserer Ehe meine einzige Vertraute war, weil alle anderen Freunde und Bekannte seine waren, schien es so, als wäre sie ihm ein Dorn im Auge gewesen. Als hätte er Angst davor, dass sie mich zu etwas überreden könnte. Und Kristen? Nun ja, sie hat mir gegenüber auch nie einen Hehl daraus gemacht, dass Jonathan nicht der Traummann war, für den ich ihn hielt. Am Anfang wusch sie mir sogar den Kopf und behauptete, ich wäre auf sein Geld und seine Geschenke reingefallen wie ein kleines Mädchen und zu naiv, um seinen wahren Charakter zu erkennen. Was zum Teufel ist passiert – und vor allem, wann? Und wieso habe ich nichts davon bemerkt?

Mein Handy brummt in der Handtasche. Der Gedanke, dass es Braden sein könnte, lässt mich hektisch danach kramen. Doch die Nummer im Display ist mir nicht bekannt. Trotzdem gehe ich ran.

»Hallo, ich bin's, Melanie!«, flötet die weibliche Stimme in den Hörer. Ich trete ein Stück zur Seite und verkrieche mich in einem Hauseingang, um den an mir vorbeieilenden Menschen nicht im Weg zu stehen. »Hey«, sage ich verdutzt. »Das ging aber schnell.«

»Ja, ich dachte, du könntest ein bisschen Ablenkung gebrauchen, nachdem du ...« Sie verstummt. Ein merkwürdiges Gefühl überschwemmt mich, meine Finger werden steif. Sie kann doch unmöglich wissen, dass mir vorhin gekündigt wurde? Das kann nicht sein. Und ich habe während der Mittagspause mit keinem Ton erwähnt, überhaupt Probleme im Büro zu haben.

»Nachdem ich was?«, frage ich in etwas zu barschem Ton nach, und sie räuspert sich.

»Ich hab dich beobachtet, wie du aus dem Büro gekommen bist. Ich bin noch gegenüber im Coffee Shop. Tut mir leid. Ich will nicht, dass du mich für einen Stalker hältst oder so, aber mir war nicht danach, allein zu Hause rumzusitzen, also bin ich im Café geblieben.

Und als du auf die Straße gekommen bist, sahst du so ... traurig aus. Enttäuscht und bleich.«

Ich hole tief Luft, bevor ich meinen Blick auf die andere Straßenseite richte. Tatsächlich entdecke ich sie am Fenster. Sie winkt mir mit traurigem Lächeln. Mein Puls beschleunigt sich für ein paar Sekunden, dann beruhige ich mich wieder. Okay, Melanie scheint eine einsame Seele zu sein. Trotzdem ist mir jetzt nicht danach, mit ihr zu reden.

»Tut mir leid, ich muss ... Ich bin noch verabredet«, sage ich hastig. Dann fällt mir etwas ein, das meinen Magen zusammenknotet. »Und ich werde Montag und die nächste Woche auch nicht im Café sein. Ich hab mir ein paar Tage Urlaub genommen.«

»Oh.« Einige Sekunden lang herrscht Stille, und als ich mich schon verabschieden und auflegen will, spricht sie wieder. »Aber wenn du Urlaub hast ... Fährst du weg? Falls nicht, könnten wir uns doch am Montag zum Lunch treffen? Was hältst du von *Wagamama*? Das ist günstig und einfach, und der nächste Laden ist gleich um die Ecke, in der Irving Street. Was sagst du?«

Eigentlich mag ich nicht. Eigentlich will ich lieber den ganzen Tag in meiner Wohnung sitzen, Eis essen und mich grämen, weil ich arbeitslos bin. Aber das sage ich ihr nicht.

»Also schön«, sage ich stattdessen und könnte mich im selben Moment dafür ohrfeigen. »Um eins? Passt dir das?«

»Super!« Sie freut sich offenbar ehrlich. »Also sehen wir uns Montag. Ich freue mich sehr. Danke, Lilian.«

»Ich freue mich auch«, sage ich, bevor ich mich verabschiede und auflege. Dann fasse ich einen Entschluss, gehe die lange Treppe zur U-Bahn runter und fahre nach South Kensington.

Lilly

»Eigentlich hat er gesagt, dass er nicht gestört werden will.« Bradens Vorzimmerdame mit dem viel zu kurzen Rock lächelt. Ich lächle zurück, kann aber meine Anspannung offenbar nicht wirklich gut verbergen. Sie drückt auf einen Knopf an der Gegensprechanlage, und als Bradens samtige Stimme ertönt, läuft mir ein Schauer über den Rücken. Ich brauche ihn. Mehr denn je. Und es war richtig, herzukommen, egal, was ich Anfang der Woche zu ihm gesagt habe. Mir ist klar, dass ich furchtbar inkonsequent bin, aber ich weiß mir nicht anders zu helfen.

»Mrs Palmer ist hier und fragt, ob du Zeit für sie hast?« Maggy knibbelt an einem überlangen Fingernagel, während sie spricht.

»Aber klar. Moment.« Ein Knacken in der Leitung, Braden hat aufgelegt. Sekunden später reißt er seine Bürotür auf und kommt strahlend auf mich zu. »Hey! Und da sagt man, der Besuch eines Lotteriemitarbeiters wäre der schönste Besuch der Welt. Das ist definitiv gelogen. Die Überraschung ist dir gelungen, Schönheit.«

Ich spüre, wie ich knallrot werde, als er mich in die Arme zieht und küsst. Vor Maggys Augen. Lieber Himmel! Weiß sie überhaupt, dass wir …? Sie hält mich doch sicher für eine Mandantin! Nachdem Braden mich losgelassen hat, werfe ich ihr einen Blick zu. Maggy kritzelt etwas auf einen Block und tut so, als ginge sie das, was im Büro vor sich geht, nichts an. Aber ihre dünnen Brauen sind hochgezogen. Ich verspüre den Drang, mich zu erklären, doch Braden zieht mich hinter sich her in sein Büro und schließt die Tür hinter uns.

»Wie komme ich zu der Ehre, mitten am Tag?« Er legt beide Hände um meine Hüften, bis sich unsere Becken berühren. Seine Augen funkeln und sind dunkel, von dem schönen Braun ist kaum noch etwas zu erkennen, weil seine Pupillen riesig sind.

»Ich bin arbeitslos«, falle ich gleich mit der Tür ins Haus. Braden nimmt mein Gesicht in beide Hände und sieht mir fest in die Augen.

»Mein Angebot steht, Lilly. Ich glaube an dich, und ich könnte dich hier wirklich gut gebrauchen.«

»Danke, Braden. Ich weiß das wirklich zu schätzen, aber … Ich sollte mir einfach einen anderen Job suchen. Etwas, das ich auch kann. Kellnern zum Beispiel.«

Braden verdreht die Augen. »Ich bin überzeugt davon, dass du eine sehr gute Scheidungsanwältin bist.

Du bist einfühlsam, intelligent und vernünftig. Und du bist ehrlich und gerecht. Das ist deutlich mehr, als man von den meisten Anwälten behaupten kann.«

Ich muss lachen. »Du hast ja nicht gerade hohe Ansichten von deinem eigenen Berufsstand«, necke ich ihn. »Gilt das auch für dich selbst?« Es ist seltsam, wie gut es mir schon wieder geht. Nur weil er bei mir ist. Weil er mich hält, mich küsst und mir das Gefühl gibt, noch etwas wert zu sein. Wärme durchströmt mich, mein Blick hängt an seinem wunderschönen Gesicht. Seine unglaubliche Attraktivität beschert mir jedes Mal weiche Knie, wenn wir uns sehen.

Die körperliche Anziehungskraft zwischen uns ist enorm; das war sie schon damals und das hat sich nicht geändert, obwohl fünf lange Jahre dazwischen liegen. Nur die Frage, ob man allein auf diesem prickelnden Chemie-Cocktail etwas aufbauen kann, macht mir zu schaffen. Ich wünschte, ich könnte einfach genießen und leben, ohne ständig über die Zukunft nachdenken zu müssen.

»Und wenn ich mit deinem Ex endlich fertig bin, musst du dir um Geld keine Sorgen mehr machen. Da springt eine verdammt hohe Abfindung für dich raus, Lilly.«

»Braden ... Ach, ich möchte heute gar nicht über Jonathan reden. Oder über diese Scheidung. Vielleicht mache ich erst mal ein paar Wochen Urlaub, bevor ich auf Jobsuche gehe. Es war doch alles ziemlich viel in der letzten Zeit.« Ich wische mir eine Haarsträhne aus dem Gesicht. »Falls du noch Zeit für einen Kaffee hast ...?«

»Hey! Als ob ich dich jetzt allein ließe, nach so einem Tag.« Braden sieht auf seine Armbanduhr und seufzt leise. »Ich muss nur noch eine Sache ... dauert nicht lange, dann nehme ich mir Zeit für dich. Setz dich so lange, ja? Ich sage Maggy, dass sie dir einen Kaffee bringen soll.«

Ich setze mich auf den Stuhl vor seinem Schreibtisch und nehme meine Handtasche auf den Schoß, während Braden über die Gegensprechanlage zwei Kaffee bei seiner Vorzimmerdame ordert. Ich lasse meinen Blick durch sein Büro schweifen, das mir inzwischen so vertraut ist wie meine eigene kleine Wohnung. Schließlich habe ich in den letzten Wochen ziemlich viel Zeit hier verbracht. Ich krame in der Handtasche nach Pfefferminzdrops, Braden beantwortet konzentriert eine E-Mail. Als ich die kleine Silberschachtel hervorziehe, rutscht sie mir aus der Hand und fällt auf den Boden.

»Oh Mist«, fluche ich leise, lege meine Handtasche zur Seite und bücke mich, um unter dem Tisch nach der Dose zu suchen. Natürlich musste das blöde Ding aufgehen, war ja klar! Stöhnend picke ich die winzigen Drops vom Fußboden, während Braden mich amüsiert zwischen seinen Beinen kriechend beobachtet.

»Wenn du schon so da unten hockst, könntest du ja

…«, setzt er an. Ich werfe ihm einen wütenden Blick zu, bevor er ausreden kann. Grinsend bückt er sich, um mir zu helfen, und im selben Moment höre ich, dass hinter mir die Tür aufgeht.

»Oh, Entschuldigung! Ich wusste nicht, dass ihr … *das* machen wolltet.« Tassen klappern.

»Nein, Maggy, es ist in Ordnung!« Braden taucht unter dem Tisch auf, und ich möchte mich am liebsten hinter dem Aktenschrank verkriechen. Liebe Güte, was denkt sie denn jetzt von mir? Trotz aller Scham steigt mir ein albernes Kichern die Kehle hinauf, ich beiße mir heftig auf die Lippe, bleibe aber unter dem Tisch hocken.

»Äh … ja, du wolltest ja auch Kaffee«, höre ich Maggy sagen. Ihre Stimme klingt verwirrt und zugleich belustigt.

»Meine Pfefferminzbonbons sind mir aus der Tasche gefallen«, erkläre ich und versuche, sie über die Schulter hinweg anzusehen. Erst dann fällt mir auf, was sie gerade von mir zu sehen bekommt: einen engen Rock, der über meinem Hintern spannt, und die Sohlen meiner Pumps. Herrje, kein Wunder, dass sie glaubt, ich würde Braden gerade …

»Ich mache auch gleich Feierabend.« Braden klingt so souverän wie immer. Ich fische ein paar winzige Drops aus einer Ecke hervor. Als ob das jetzt wichtig wäre. »Termine waren durch für heute, richtig?«

»Ja, richtig. Dann gehe ich auch gleich nach Hause,

damit ihr hier noch ... was auch immer machen könnt.« Ich kann ihr Grinsen förmlich hören. Mit hochrotem Kopf krabble ich endlich unter dem Schreibtisch vor, und als mein Blick auf Braden trifft, prusten wir beide gleichzeitig los.

»Entschuldige, Maggy.« Braden japst und wischt sich über die Augenwinkel. »Tut mir leid, aber ich ... Es ist nicht so, wie es aussah, Maggy.«

»Schon klar.« Maggy zwinkert mir zu. »Und wenn ... geht es mich nichts an. Du solltest nur beim nächsten Mal den Kaffee *danach* bestellen, bitte. Okay? Ich hab nämlich keine große Lust, mir eure Schweinereien live anzusehen.« »Wir haben nicht ...«, protestiere ich, kann den Satz aber nicht beenden, ohne erneut in Gelächter auszubrechen. Es fühlt sich gut an. Unbeschwert und frei. Braden zieht mich am Hinterkopf zu sich rüber, den Schreibtisch zwischen uns, und küsst mich. Hinter meinem Rücken fällt die Tür ins Schloss, und ich höre Maggy draußen etwas murmeln. Wahrscheinlich nichts Nettes.

»Die Idee hat mir aber gefallen«, raunt er mir ins Ohr und knabbert an meinem Ohrläppchen. Meine Willenskraft reicht eindeutig nicht aus, ihn jetzt von mir zu schieben. Sein Kinn kratzt über meine Haut und löst Gänsehaut aus, ebenso wie sein herber Duft, der mir in die Nase dringt. »Ich meine ... Maggy ist gleich weg. Dann könntest du die Drops da unten liegen lassen und stattdessen ...«

»Braden …«, versuche ich, mich zu wehren. »Führe mich nicht in Versuchung.«

»Wieso nicht? Mir reicht es, dich zu sehen, und ich werde sofort hart.« Seine Lippen wandern über meine Haut, tiefer. Hauchen zarte Küsse auf meinen Hals. Meine Hüften drücken sich gegen den Schreibtisch, auf dem wir schon einmal … die Erinnerung überschwemmt mich mit Lust. Lust auf ihn. Dabei wollte ich so gern vernünftig sein.

»Ich kann einfach die Finger nicht von dir lassen. Du machst mich so unglaublich heiß«, flüstert er. Seine Hände machen sich an den Knöpfen meiner Bluse zu schaffen, und mein Widerstand schmilzt mit jedem einzelnen Knopf, den er löst. »Ich habe so lange von dir geträumt. An dich gedacht. An deinen Gesichtsausdruck, wenn du kommst. An dein Lachen, mit dem du mich verzaubert hast. An deine Augen, die mir den Verstand rauben. Ich will dich so sehr. Hier. Jetzt. Überall. Immer.«

Die letzten Worte kommen abgehackt, weil er sich inzwischen bis zu meinem BH vorgearbeitet hat und … abgelenkt wirkt. Kein Wunder, denn mein Büstenhalter besteht komplett aus zarter, transparenter Spitze. Andächtig streicht er mit den Fingerkuppen über die Rundungen meiner Brüste, meine Brustwarzen verhärten sich sofort.

»Braden, bitte …«, flüstere ich. »Willst du wirklich hier im Büro …?«

»Nur ein bisschen«, murmelt er selbstvergessen, dann fegt er ein paar Unterlagen vom Tisch und klettert zu mir rüber. Seine Ungeduld bringt mich zum Lachen.

»Braden, du bist ... oh.« Die Worte bleiben mir im Hals stecken, weil er mit beiden Händen meine Hüften greift und mich auf dem leeren Schreibtisch platziert. Dann beugt er sich so weit über mich, dass ich ins Hohlkreuz gehe.

»Mein Gott, du bist ... so ... sexy«, murmelt er, Küsse auf meinem Dekolleté verteilend. »Was stellst du nur mit mir an, Schönheit? Ich vergesse mich, wenn ich bei dir bin.«

Als er wieder zu mir hochkommt und mir in den Nacken greift, um mich zu küssen, wird das pochende Ziehen zwischen meinen Beinen stärker.

»Ich will dich, Lilly. Und ich will dich jetzt ficken. Hart. Bis das gesamte Nachbarbüro meinen Vornamen kennt.«

Seine Worte lassen mich erschauern. Nur eine Sekunde später hat er meinen Rock hochgeschoben und bestaunt mit gerunzelter Stirn die halterlosen Strümpfe, die ich trage. Ich beiße mir auf die Lippe, als sein Blick langsam wieder raufwandert.

»Hast du das hier etwa geplant?«, fragt er grinsend.

»Oh Gott, nein! Natürlich nicht«, lüge ich. Meine Wangen werden heiß. Braden lacht rau und schiebt sich zwischen meine Beine, bis ich seine Erektion an meinem Schoß klopfen spüre. Mein Herz flattert.

»Du kannst nicht erwarten, dass ich bei diesem Anblick cool bleibe«, sagt er und sieht mir fest in die Augen. »Verdammt, Lilly, du machst mich so unglaublich geil.« Er reibt sich sanft an mir, und ich lege keinen Widerspruch ein. Meinetwegen könnten wir uns auch mitten auf dem Piccadilly Circus befinden – bremsen würde ich ihn jetzt trotzdem nicht mehr. In meinem Unterleib zieht und pocht es, als würden wilde Tiere darin toben. Bradens Küsse werden fordernder, verlangender. Ich lege die Beine um seine Hüften, ziehe ihn so dicht an mich heran, dass kein Blatt mehr zwischen uns passen würde. Atme ihn. Schmecke ihn. Rieche ihn.

Er nimmt sich nicht die Zeit, einen von uns auszuziehen. Schiebt nur meinen Slip zur Seite und öffnet seine Hose. Als ich die weiche Haut seiner Härte an meiner feuchten Scham spüre, den moschusartigen Duft seiner Lust rieche, erschauere ich noch einmal, dann dringt er auch schon in mich ein. Roh. Wild. So wie ich es mag. Füllt mich aus, nimmt mich, verlangt mich, ohne Rücksicht. Woher zum Teufel wusste er, dass ich genau das heute brauchte?

Ich kralle mich an seinen Schultern fest, schlage die Nägel in sein Hemd. Er schwitzt, fickt mich mit harten Stößen quer über den Schreibtisch. So hart, dass ich mir einen leisen Schrei nicht verkneifen kann. Braden beißt mir in den Hals, saugt sich an mir fest. Gräbt seine Hände in meine Pobacken und stößt weiter kräftig zu.

Dann küsst er mich, gierig. Unsere Zähne schlagen gegeneinander, unsere Zungen verschlingen sich in einem wilden Strudel, der uns beide in einen Abgrund reißt. Bei jedem Stoß reibt sich meine empfindlichste Stelle an seinen festen Lendenmuskeln, und es dauert nicht lange, bis meine Beine steif werden und meine Zehen sich in den engen Pumps zusammenrollen.

»Oh Gott, ich komme«, höre ich mich selbst stöhnen. Und dann passiert es tatsächlich. Ich schreie seinen Namen, während vor meinen Augen winzige Blitze aufgleißen und mir schwindelig wird. Braden gibt einen Laut von sich. Seine Hand liegt fest in meinem Nacken, hält mich. Und dann küsst er mich wieder, mit der Leidenschaft eines Fanatikers, während wir gleichzeitig kommen.

Braden

»Du bist ein Monster.« Lilly lächelt verlegen. Sie sieht umwerfend aus – ihr rotes Haar flattert in wirren Strähnen um ihr schmales Gesicht, die grünen Augen funkeln wie Edelsteine, und ihre Wangen sind genauso rot wie ihre Lippen.

»Ein Sexmonster, wolltest du doch hoffentlich sagen«, gebe ich zurück, küsse sie noch einmal, bevor ich diskret meine Hose wieder schließe und ihr helfe, vom Tisch zu klettern. Sie sieht wacklig aus, deshalb stütze ich sie, damit sie ihren Rock runterziehen kann.

»Danke, Braden.«

Irritiert fahre ich mir durch die Haare. *Danke*? Wann zum Teufel hat sich je eine Frau bei mir für so eine Nummer bedankt? Das war ganz sicher keine Glanzleistung, im Nachhinein ist mir der Quickie fast peinlich. Es war egoistisch und viel zu grob, aber ich konnte mich nicht zurückhalten. Ich musste loslassen, um sie zu fühlen. Um bei ihr zu sein. »Genau das habe ich gebraucht«, fügt sie erklärend hinzu und fängt an, ihr Haar im Nacken zusammenzufassen. Ich schiebe eine lose Strähne hinter ihr Ohr und küsse sie auf den wunderschönen, schlanken Hals.

»Genau das habe ich mir gedacht«, sage ich. »Möchtest du was essen?«

»Ich weiß nicht …« Lilly fummelt ein Haargummi aus der Handtasche und wickelt es um den dicken Zopf. Mein Magen krampft. Ich spüre, wie sie vor mir zurückweicht und mich auf Abstand halten will, und das ertrage ich kaum. Ich fühle mich wie ein Kind, das Unsinn gemacht hat und glaubt, die Liebe der Eltern endgültig verspielt zu haben.

»Bitte. Nur ein Essen, Lilly. Danach bringe ich dich nach Hause und du kannst in Ruhe … was auch immer tun.«

Sie lacht, während sie ihre Bluse zuknöpft. Ihre Finger zittern leicht. »Siehst du? Du weißt nicht mal, was ich in meiner Freizeit so mache.«

»Oh doch, das weiß ich sehr wohl.« Grinsend bleibe ich vor ihr stehen. Sie legt ihre Wange auf meine Schulter und schlingt die Arme um mich. Die Geste löst eine seltsame Wärme in mir aus und rührt mich. Instinktiv erwidere ich die Umarmung, halte sie. So wie ich sie für immer halten will. Ich will für sie da sein, sie beschützen. Vor Jonathan und Kristen, aber auch vor allem anderen Übel, das die Welt für Frauen wie sie bereithält.

»Nein, das weißt du nicht«, murmelt sie einige

Atemzüge später gegen mein Hemd. Ich spüre ihren warmen Atem durch den Stoff auf meiner Haut. Meine Brustwarzen sind immer noch klein und hart, mein Schwanz pocht noch sanft bei der Erinnerung an den gerade erlebten Höhepunkt. Ich küsse ihren Scheitel, ohne sie loszulassen. Nicht einen Millimeter.

»Du schläfst zum Beispiel mit mir«, raune ich ihr ins Ohr. »Das genügt mir vorerst völlig.«

»Ernsthaft, Braden.« Langsam biegt sie ihren Oberkörper nach hinten und sieht mich an. Ihre Augen haben das Funkeln verloren und wirken betrübt. Der Anblick schmerzt mich. Ich will sie lachen sehen. Stöhnen. Schreien. Kichern. Leuchtende Augen. Sie sollte immer so aussehen, als wäre der Moment, den sie gerade erlebt, der schönste ihres Lebens. Und ich möchte der Anlass dafür sein. Ich will sie glücklich machen. Noch nie hatte ich dieses starke Bedürfnis einem anderen Menschen gegenüber. Aber ich spürte es schon damals, vor fünf Jahren, als wir uns zum ersten Mal begegneten und eine Nacht zu einem halben Leben wurde.

Als die Luft zwischen uns anschwoll und ich mir sicher war, dass alle anderen Menschen in der Nähe die Funken sehen konnten, die zwischen uns stoben.

Ich bin Realist – mein bester Freund schimpft mich sogar einen Zyniker – und ich glaube nicht an Quatsch wie Liebe auf den ersten Blick. Bis vor wenigen Wochen glaubte ich vielleicht sogar überhaupt nicht an

Liebe. Ein gefühlsverwirrender Hormoncocktail, gegen den ich doch wohl immun war. Aber wenn es Liebe auf den ersten Blick nicht gibt ... wie zum Teufel nennt man dann das, was ich für sie empfinde?

Lilly

Wow. Sein Kuss löst Vibrationen in mir aus, die ... oh Gott, nein. Das ist nicht mein Körper, der so vibriert, sondern sein Handy in der Hosentasche! Lachend löse ich mich aus unserem Kuss.

»Dein Telefon ...«, sage ich, weil er keine Anstalten macht, ranzugehen. Ein widerliches Stechen malträtiert meine Eingeweide.

»Ist nicht wichtig«, murmelt er an meinen Lippen und will mich wieder küssen. Ich schiebe ihn von mir, doch er hält meine Hüften und lässt mir kaum Raum zum Atmen.

»Braden, warum gehst du da nicht ran?«

»Es gibt keinen Grund, eifersüchtig zu sein«, sagt er. Sein Atem schlägt mir warm ins Gesicht. »Ich will jetzt einfach nur nicht telefonieren, mit niemandem. Weil ich bei dir sein will.« Seine Lippen kräuseln sich, gleichzeitig fühlt sich mein Magen an, als würde er innerhalb von Sekunden verschrumpeln. Ich schlucke trocken.

»Lilly ... Ich verstehe, dass es dir schwer fällt, mir zu

vertrauen. Nach allem, was du erlebt hast. Aber ich weiß auch nicht, wie ich es dir leichter machen kann.«

»Ist schon gut«, sage ich und bemühe mich, den dicken Kloß, der sich in meinem Hals gebildet hat, zu verschlucken. Er liegt mir verdammt schwer im Magen.

»Ich glaube, ich brauche einfach nur ein paar Tage Ruhe, dann geht es mir bestimmt besser. Der Tag heute gehört eindeutig aus dem Kalender gestrichen.«

»Lass dich jetzt nicht hängen, Lilly«, bittet er mich, beide Hände auf meine Oberarme gelegt. »Ich weiß, dass du eine schwere Zeit hinter dir hast und vielleicht auch noch vor dir, aber ... du musst kämpfen. Du solltest kämpfen. Für dein Recht und für dein Selbstvertrauen. Du hast es nicht verdient, so behandelt zu werden. Von niemandem, schon gar nicht von Jonathan.«

Ich kaue auf meiner Lippe, seinem Blick ausweichend. »Da bin ich mir nicht ganz sicher ...«

»Lilian.« Braden schüttelt mich sanft. »Hast du dir ernsthaft das alles von Jonathan gefallen lassen, weil du ein schlechtes Gewissen hattest? Meinetwegen? Wegen dieser einen Nacht vor fünf Jahren? Es war nicht deine Schuld, was damals passiert ist. Wirklich nicht. Falls man hier überhaupt von Schuld sprechen kann, nehme ich sie ganz und gar auf mich. Ich habe dich verführt, und das war nicht richtig von mir. Aber ich bereue keine Sekunde von jener Nacht. Ich hätte gar nichts anderes tun können, als dich zu lieben. Damals und heute.

Es war so viel mehr als Sex. Manchmal braucht es nicht lange um zu spüren, was etwas bedeutet. Und bei dir … hat es nur wenige Sekunden gedauert. Ich habe fünf Jahre lang von dir geträumt, Lilly. Jetzt, wo ich dich endlich habe, lasse ich nicht zu, dass er mir dich wieder wegnimmt. Ich kann das nicht zulassen.«

Ich atme schwer. Meine Brust fühlt sich an, als ob ein Elefant auf meinem Oberkörper sitz. Es war nicht nur mein schlechtes Gewissen wegen jener Nacht, das mich so an Jonathan gebunden hat. Es war so viel mehr. Aber ich bin nicht in der Lage, es Braden gegenüber zu formulieren. Weil ich selbst erst langsam entdecke, was mit mir los ist, und diese Entdeckung erschreckt mich zutiefst.

»Komm. Wir gehen essen.« Entschlossen steht Braden auf und zieht mich mit sich aus dem Büro. Maggy sieht irritiert von ihrem Schreibtisch hoch. »Ich mache Feierabend. Wochenende. Bis Montag, Maggy.«

»Ja, bis Montag.« Ihr Gesichtsausdruck bringt mich zum Lachen. *Sorry*, forme ich tonlos mit den Lippen, und sie zwinkert mir grinsend zu.

»Wohin gehen wir?«, frage ich gespannt, als Braden mich in die Tiefgarage bringt, wo sein Audi parkt. Er hält mir die Beifahrertür auf und wartet, bis ich eingestiegen bin.

»Überraschung. Mir ist da gerade ein Event eingefallen, der dir sicher gefallen wird. Aber vorher gehen wir was essen.«

Braden dreht das Radio auf und öffnet das Sonnendach, dann fahren wir nach Soho und essen Dim Sum bei einem winzigen Chinesen. Anschließend führt Braden mich in eine Kellerbar, die ich noch nie gesehen habe. Eine rote Leuchtreklame wirkt wenig anheimelnd, und ich ziehe skeptisch eine Braue hoch.

»Das ist aber kein schmuddeliger Nachtclub oder so was?«, frage ich, zumal es noch nicht mal dämmert und mir die Uhrzeit für so einen Laden seltsam vorkommt.

»Wenn mir nach einem Striptease wäre, hätte ich dich nach Hause gebracht«, raunt er mir ins Ohr und geht an mir vorbei, um vor mir die steile und krumme Treppe hinab zu steigen. Abgestandenes Bier und kalter Rauch dringen an meine Nase und ich wundere mich wirklich über Bradens Freizeitgestaltung, sage aber nichts mehr. Der Club ist tatsächlich eine Spelunke. Schiefe, bekritzelte Tische stehen kreuz und quer auf einem zertretenen Linoleumboden. Aus Lautsprechern dröhnt Achtziger-Jahre-Rock von U2 und den Smiths, an der Theke steht ein langhaariger Typ mit ausgewaschenem T-Shirt und nickt uns kurz zu. Braden zieht einen Stuhl vom Tisch, als wären wir in einem Sterne-Restaurant, und ich setze mich kichernd.

»Was darf ich dir bringen? Pimm's?« Er zwinkert.

»Aber sicher«, sage ich. »Und es gibt gar keinen Grund, dich darüber lustig zu machen! Ich liebe das

Zeug.«

»Und ich kann dir nicht mal vorwerfen, dass du einen miesen Geschmack hast, du bist schließlich mit mir hier. Kommt sofort, Madame.«

Er verschwindet zur Bar und ich schaue mich neugierig weiter im Raum um. Nur wenige Gäste sitzen hier unten, es gibt kein Fenster und die Luft ist jetzt schon zum Schneiden dick. Was hat er sich dabei gedacht, mich hierher zu bringen?

Braden trinkt Ginger Ale, während ich mich über den fruchtigen Drink freue. Langsam füllt sich der Keller, und zu den rockigen Typen gesellen sich immer mehr Menschen in Anzügen, die vermutlich direkt von der Fleet Street hergekommen sind. Oder aus einer der schicken Agenturen rund um Soho. Ein typischer Abend in einer Londoner Bar eben.

Eine halbe Stunde später betritt der langhaarige Typ die Bühne und greift zu einem Mikrofon.

»Herzlich willkommen zu unserer fünften *FuckUp-Party*!«, ruft er, und Applaus brandet auf. Irritiert werfe ich Braden einen Blick zu, doch er lächelt nur und klatscht mit.

»Wer ist der Erste? Wer ist heute dran?«

Ein Typ im dunklen Anzug mit wirren Haaren steht auf und geht unter dem Johlen der Leute zur Bühne. Als er zu reden anfängt, glaube ich zu verstehen, was Braden mit diesem Abend bezwecken möchte. Ich schlucke nervös.

»Ich bin vor drei Monaten mit meinem Start-up pleitegegangen und habe jetzt zwei Millionen Schulden an der Backe. Und damit Ihr von meinen Fehlern lernen könnt, bin ich heute Abend hier. Also hört gut zu! Ich bin ein Versager und ich helfe Euch, es besser zu machen.«

Atemlos lausche ich, wie der junge Mann vor den Anwesenden seine Geschichte ausbreitet. Ehrlich, schonungslos, offen. Ab und zu mustert Braden mich von der Seite, aber ich hänge an den Lippen des Mannes auf der Bühne. Ich leide mit ihm, ich ärgere mich über ihn, ich verfluche ihn. Und ich bewundere ihn, weil er es schafft, sein eigenes Versagen vor allen Leuten offenherzig preiszugeben. Meine Wangen glühen, und als er fertig ist mit seiner Rede, applaudiere ich mit dem Rest des Publikums.

»Danke, Bruce! Wer ist der Nächste?«, ruft der Langhaarige, als der Beifall abebbt, und eine junge Frau geht an mir vorbei nach vorn.

»Woher kennst du das hier?«, frage ich Braden, der mich zufrieden angrinst.

»Ich war schon bei der ersten Party dabei. Als Redner.«

Verblüfft klappt mir der Mund auf und ich höre gar nicht, was das Mädchen vorne zu sagen hat. »Du? Aber warum ...?«

»Ich habe über meine Fehler gesprochen. Und ich habe verdammt viele Fehler in meinem Leben gemacht. Auch vor fünf Jahren, als ich dich einfach so habe gehen lassen.« Meine Augen fangen an zu brennen. »Braden, das ist ...«

»Ich weiß.« Er nimmt meine Hand, verknotet seine Finger mit meinen und sieht mir fest in die Augen. »Jeder Mensch darf Fehler machen, Lilly. Und es ist gut, sie zu teilen, damit andere davon lernen können. Fehler sind keine Schande, sie sind normal und gehören dazu. Und es ist wahrscheinlich der schlimmste Fehler, Angst davor zu haben, einen Fehler zu machen.«

»Warum sind wir hier?«, frage ich vorsichtig. Das Publikum lacht, ich habe den Witz der jungen Frau gar nicht gehört.

»Ich weiß, dass du Angst davor hast, mit mir wieder einen Fehler zu begehen, Lilly. Ich kann dir nur leider nicht dabei helfen, es ist deine Entscheidung. Aber vielleicht schaffst du es eines Tages, da oben auf der Bühne zu stehen und über deine eigenen Fehler zu sprechen?«

Ich knabbere an meiner Unterlippe und lasse meinen Blick wieder nach vorn schweifen. Ich, auf einer Bühne? Unvorstellbar. Schon gleich gar nicht, wenn ich dort auch noch über mein eigenes Versagen sprechen soll! Allein der Gedanke lässt mich erschauern.

»Danke, dass du mir das gezeigt hast«, sage ich, als wir drei Stunden später die muffige Bar verlassen. Mir ist schwindelig vom Pimm‘s und von den vielen Geschichten, die ich gehört habe.

Braden bringt mich nach Camden, und vor dem Haus auf der inzwischen dunklen Straße bleiben wir stehen. Er wirft einen sehnsüchtigen Blick nach oben zu meinem Fenster, und ich muss lachen.

»Du möchtest wohl mit raufkommen?«, frage ich.

Er grinst schief. »Ich verstehe, dass du …«

»Gib mir einfach noch etwas Zeit«, unterbreche ich ihn. »Nur ein bisschen Zeit. Ja? Gute Nacht, Braden.« Langsam löse ich mich aus seiner Umarmung und schaue ebenfalls nach oben. Meine Fenster sind dunkel, doch aus der Wohnung über mir dringt Musik. In Konzertlautstärke. Braden folgt meinem Blick kopfschüttelnd. »Der kleinen Pest sollte mal dringend jemand Manieren beibringen«, sagt er und guckt auf seine Armbanduhr. Es ist dunkel und relativ ruhig für die Uhrzeit, von den üblichen Sirenen abgesehen. Drei Straßen weiter kreischen ein paar besoffene Teenager. Im Gegensatz zum gediegenen Mayfair, wo Braden wohnt, ist Camden flippig und laut. Am Wochenende vollgestopft mit Touristen, die Märkte durchforsten und nach Künstlern suchen. Dabei sind die Künstler schon vor Jahren in andere Stadtteile weitergezogen.

»Ich sag ihm gleich Bescheid«, erkläre ich Braden lächelnd. »Wenn er weiß, dass ich zu Hause bin, ist er normalerweise ruhiger.«

»Ich komme mit.« Braden nimmt meine Hand, schlingt seine Finger um meine und zieht mich hinter sich her.

»Das ist wirklich nicht nötig«, protestiere ich. »Ich bin schon groß und schaffe das echt allein.«

»Daran zweifle ich nicht, Lilly. Aber der Kleine hat eindeutig ein Faible für dich, deshalb möchte ich dich ungern so spät noch allein zu ihm lassen.« Braden bleibt vor der Haustür stehen und zieht mich wieder in seine Arme. Meine Fingerspitzen kribbeln, weil ich ihm durchs Haar fahren möchte, während er mich küsst.

»Bist du etwa eifersüchtig?«, necke ich ihn atemlos nach dem innigen, aber viel zu kurzen Kuss. Braden nickt mit zusammengezogenen Brauen. Von oben dröhnt irgendein Rap auf die Straße runter.

»Und wie«, flüstert er mir ins Ohr. »Am liebsten würde ich dich mitnehmen zu mir und nie wieder gehen lassen.«

»Vor einem fast noch Pubertierenden musst du dich aber nicht fürchten«, sage ich grinsend. »Außerdem ist Ben überhaupt nicht mein Typ, ich schwöre.«

»Wer ist denn dein Typ?« Braden legt eine Hand an meine Wange und mustert mich eindringlich. Seine braunen Augen wirken fast schwarz in der Dunkelheit.

»Du«, antworte ich leise, und wie auf Befehl legt er seine wunderschönen Lippen wieder auf meine und küsst mich. Ein klickendes Geräusch irritiert mich, und noch bevor ich es zuordnen kann, hat Braden sich von mir gelöst und ist mit einem Satz an mir vorbei. Verdattert schaue ich zu, wie er den Eibenbusch an der

Seite des Hauses teilt und hineinspäht.

»Was ist los?«, flüstere ich. Plötzlich wird mir kalt. Ein Rascheln ertönt, Zweige knacken. Braden verschwindet hinter der Eibe, dann höre ich ein Keuchen, lautes Atmen. Wieder knackt etwas. Eine Gänsehaut überzieht meinen ganzen Körper, als die Geräusche lauter werden. Bedrohlicher. Schritte ertönen. Schwere, schnelle Schritte. Zwei Schatten, von denen einer Braden ist, rennen durch den Vorgarten zur Straße und weiter. Im Schein der Straßenbeleuchtung kann ich nicht erkennen, wer der Mann ist, dem Braden dicht auf den Fersen folgt, aber mein Herz pumpt heftig.

»Braden?«, rufe ich panisch. »Braden!«

Über mir bricht die Musik ab, ein Fenster wird aufgerissen.

»Hey, Mrs Palmer. Probleme?« Ben schiebt seinen strubbeligen Kopf, auf dem wie immer eine umgedrehte Kappe sitzt, über den Sims und grinst zu mir runter.

»Ich weiß nicht ...«, antworte ich fahrig und wende meinen Blick wieder der Straße zu. Weder von Braden noch von dem anderen Mann ist etwas zu sehen.

»Ein Überfall? Hat man Ihnen die Handtasche geklaut? Oder das Handy? Passiert ja echt oft hier. Letzte Woche hat mir ein Besoffener voll die Kappe vom Kopf gerissen. Total bescheuert. Als ob ...«

»Braden!« Mein Ruf unterbricht Bens Redeschwall, als ich Braden zurückkommen sehe. Er beschleunigt seinen Schritt und trabt auf mich zu. »Was zum Teufel …?«

»Der Typ saß im Gebüsch und hat uns fotografiert«, knurrt Braden, nachdem er einen kurzen Blick nach oben riskiert hat. Natürlich hängt Ben immer noch im Fenster wie eine Rentnerin, die nichts Besseres zu tun hat, als den ganzen Tag Leute zu beobachten. Braden zieht mich in den dunklen Hauseingang, um aus Bens Blickfeld zu flüchten, und ich flüstere.

»Hast du ihn erkannt?«

Braden schüttelt den Kopf. Seine Kiefermuskeln mahlen deutlich. »Er ist in ein Auto gesprungen und abgehauen. Aber ich vermute, dass Jonathan ihn auf dich angesetzt hat, um dich zu beschatten. Und zu überführen.«

»Du meinst, wegen …«, setze ich an.

Braden unterbricht mich leise. »Wir müssen vorsichtiger sein, Lilly. Vielleicht ist es besser, wenn wir uns nur noch in meinem Büro treffen. Vorerst. Dagegen ist ja nichts einzuwenden, ich bin schließlich dein Anwalt. Zumindest, bis deine Scheidung rechtskräftig ist. Und das wird nicht mehr lange dauern.«

»Kristen dürfte noch mindestens fünf Monate schwanger sein«, wende ich ein. »Vorher ist ein Vaterschaftstest unmöglich. Wenn Jonathan es drauf anlegt und der Scheidung so lange widerspricht, bis ich einen eindeutigen Beweis für seinen Betrug habe, dann muss ich …«

»Das wird er nicht.« Braden nimmt mich in den Arm, und ich vergrabe müde das Gesicht an seiner Brust. »Das wird er ganz sicher nicht. Dafür sorge ich.«

»Aber es ist zu gefährlich«, murmle ich. »Du riskierst deine Zulassung, wenn er dir eine Affäre mit mir nachweisen kann.«

»Das ist mir egal.« Braden klingt entschlossen. Ich hole tief Luft, aber bevor ich etwas erwidern kann, spricht er schon weiter. »Es geht hier nicht nur um mich, sondern auch um dich. Ich werde nicht zulassen, dass du mit leeren Händen aus dieser Ehe gehst und Jonathan sein Vermögen überlässt. Die Hälfte davon steht dir zu, Lilly, und ich werde dafür kämpfen, dass du sie bekommst.«

»Ich mache mir nichts aus seinem Geld«, sage ich und beuge mich ein wenig nach hinten, um Braden in die Augen sehen zu können. Unsere Hüften berühren sich. »Ich habe ein bisschen gespart in den letzten Jahren, und von dem Geld kann ich gut leben, bis ich einen neuen Job gefunden habe. Wenn ich das Ganze damit beschleunigen kann, verzichte ich auf alle Ansprüche.«

»Nein, das wirst du nicht tun. Er soll bezahlen für die Jahre, die er dir weggenommen hat. Die er *uns* weggenommen hat.«

Ich erschauere bei seinen Worten, und mir fällt ein, was Jonathan am Telefon über Braden gesagt hat. Ein unangenehmes Ziehen breitet sich in meinem Bauch aus.

»Es war nicht allein seine Schuld, Braden. Ich hätte ... Ich hätte einfach viel früher gehen müssen. All diese Jahre ... Mir war doch schon lange klar, dass ich nur ein Alibi für ihn war. Dass er mich betrog. Ich dachte nur, wenn ich es wüsste ... wenn ich die Augen davor verschloss, würde es irgendwie weggehen.«

»Ich mag dich, Lilly.« Braden streichelt mir über die Wange. Die zärtliche Geste lässt Wärme durch meine Adern strömen. »Sehr. Und ich will eine Chance. Ich bin bereit, zu warten. Auf deine Scheidung, auf Jonathan, auf dich ... worauf auch immer. Aber ich werde nicht weggehen, egal, was er vorhat. Ich werde bleiben, Lilly, und du kannst mich nicht daran hindern. Ich habe durchaus Stalkerqualitäten, und ich warne dich – ich weiß sehr genau, wie man eine einstweilige Verfügung abschmettert.«

Er grinst, und ich muss lachen, obwohl meine Augen gleichzeitig zu brennen anfangen. Ich sehe in sein schönes Gesicht ... in seine warmen, braunen Augen ... und habe wieder das Gefühl, mich selbst darin zu sehen. Als würde ich in einen Spiegel schauen. Einen Spiegel, der nicht einfach mein Gesicht, sondern etwas viel Tieferes zeigt.

»Ich habe Angst, dass die ganzen Umstände im Moment zu viel sein könnten für mich. Für uns. Wirklich, ich ... Ich mag dich auch. Sehr. Du machst etwas mit mir. Du bist gut für mich, jedenfalls fühlst du dich gut an. Und ich will nicht, dass das aufhört.«

Sein stolzes Grinsen bringt mich zum Lachen. Ich lege eine Hand in seinen Nacken und ziehe seinen Kopf zu mir runter, bis ich ihn küssen kann. Mein Körper kribbelt. Er macht mich verrückt. Ich will nur noch eins, wenn ich ihn sehe, aber ich spüre, dass wir uns wirklich Zeit lassen müssen. Unsere erste Begegnung geschah zur denkbar schlechtesten Zeit meines Lebens, und die zweite Begegnung war zeitlich gesehen nicht viel besser. Es wäre aber eine Schande, alles, was zwischen uns sein könnte, zu ruinieren, nur weil wir leider immer zur falschen Zeit aufeinander treffen. Schweren Herzens löse ich meine Lippen von seinen und schließe die Tür auf. Sein Gesichtsausdruck ähnelt dem eines Jungen, der zu Weihnachten nur einen Pyjama und ein Paar Socken geschenkt bekommen hat anstelle der ersehnten Modelleisenbahn.

»Lass uns einfach vorsichtig sein«, sage ich leise. »Okay?«

Er nickt, nimmt meine Hand, drückt sie kurz in seiner, dann lässt er sie sehr langsam los und wendet sich zum Gehen. Oben wird die Musik wieder eingeschaltet. »Hey, du kleiner Penner! Es ist mitten in der Nacht und die Dame, die unter dir wohnt, möchte schlafen. Also mach den Lärm aus, sonst komm ich rauf und bring dir Manieren bei!«

Braden steht auf der Straße, die Hände in den Hosentaschen vergraben, und brüllt nach oben. Ich kichere unterdrückt, doch tatsächlich wird die Musik nach wenigen Sekunden leiser. Wow. Wenn Braden jemals Vater wird, sollten sich seine Kinder auf was gefasst machen.

Lilly

Kein Wecker reißt mich am Montag aus dem Schlaf. Keine Geräusche von der Straße oder von oben. Es ist noch nicht ganz hell draußen, trotzdem fühle ich mich ausgeschlafen und fit. Ein seltsames Gefühl, wenn man gar nichts zu tun hat und nirgendwo hin muss.

Hey, stell dir einfach vor, du hättest Urlaub, versuche ich mich selbst aufzumuntern. *Fahr in die Stadt, geh bummeln, einen Kaffee trinken* ... Dann fällt mir ein, dass ich ja heute verabredet bin. Der Gedanke an Lunch mit Melanie treibt mich tatsächlich aus dem Bett, hinterlässt jedoch auch ein merkwürdiges Kribbeln im Bauch. Liegt es daran, dass sie seit Jahren die erste Person ist, mit der ich mich anfreunden könnte? Abgesehen von denen, die Jonathan zwischendurch angeschleppt hat, natürlich. Mandanten, Geschäftspartner – sogar die junge Assistentin, mit der er nicht nur das Büro, sondern auch die Matratze geteilt hat, brachte er mal zum Essen mit, um sie mir vorzustellen. Die Erinnerung an jenen Abend und daran, wie ich aus dem Bad zurückkam und die beiden vor dem

Fenster stehend auseinandergesprungen sind wie mit kaltem Wasser übergossene Katzen, lässt die Übelkeit wieder in mir hochsteigen.

Ich hatte es doch geahnt damals. Nein, eigentlich hatte ich es sogar gewusst. Es war aber einfacher für mich, die Dumme zu spielen. Wie die beiden sich wohl hinter meinem Rücken über mich amüsiert haben? Fummeln in meinem Wohnzimmer miteinander, unter dem Tisch, und die dämliche Ehefrau sitzt daneben und kriegt nichts mit. Es grenzt an ein Wunder, dass ich an jenem Abend nicht an meinem Essen erstickt bin.

Während ich dusche und meine Haare wasche, denke ich über Kristen nach. Und darüber, wieso ich nicht gemerkt habe, was sich hinter meinem Rücken abspielte. Mir war klar, dass Jonathan wieder eine Affäre hatte, denn unser letztes Mal war Monate her. Dass er mich nicht mehr begehrte, daran war ich gewohnt. Das war schon seit Jahren so, und erst jetzt, im Nachhinein, wird mir klar, wie sehr mich sein fehlendes Begehren verletzt hat. Viel mehr als all die Lügen, die bösen Worte, mit denen er ständig versuchte, mich kleinzumachen.

Es hat etwas in mir getötet, mein Selbstvertrauen vernichtet. Mein Unglück in der Ehe fing an dem Tag an, an dem Jonathan mich abwies, als ich mich an ihn schmiegen wollte. An dem Tag, an dem er sich über meine roten Haare lustig machte, statt mir ein Kompliment zu machen. An dem Tag, an dem er mir zustimmte, weil ich mich skeptisch im Spiegel betrachtete und feststellte, dass ich älter geworden war.

Entschlossen klettere ich aus der Wanne, die gleichzeitig die Dusche ist in meinem winzigen Bad, und bleibe nackt vor dem kleinen Spiegel stehen. Ich versuche, mich mit Bradens Augen zu betrachten, und sofort durchströmt diese schwere Süße meinen Körper, die mich süchtig nach ihm macht. Ich sehe eine schöne Frau. Nicht mehr ganz jung, aber auch noch weit davon entfernt, alt zu sein. Eine Frau in ihren besten Jahren. Die Unschuld der Jugend ist aus dem Gesicht verschwunden und einer neuen Reife gewichen, die sich durch die Erfahrungen der letzten Wochen verstärkt zu haben scheint.

Meine Augen glänzen lebendig, mein Teint ist rosig, und mein Mund ... lächelt. Meine Brüste könnten größer und meine Hüften schmaler sein. Meine Oberschenkel sind nicht straff genug für meinen Geschmack, aber ich bin leider zu faul, um mit Sport etwas dagegen zu unternehmen.

Für Braden jedenfalls bin ich schön, und das Gefühl wirkt wie intravenöser Kaffee auf mich. Ich fühle mich energiegeladen, bereit zu allem. So bereit, dass ich fast vergesse, keine Arbeit mehr zu haben. Stattdessen genieße ich noch ein paar Minuten lang das wohlige Kribbeln, das meinen Körper bei dem Gedanken an Braden durchströmt, bevor ich mich anziehe und in den Tag starte.

•

»Lilian!« Melanie sitzt nicht am Fenster, sondern in der hinteren Ecke auf einer Holzbank und winkt mir. Was gut ist, denn sonst hätte ich sie womöglich gar nicht erkannt. Verwirrt bleibe ich kurz stehen und starre sie an, bis sie den Arm runternimmt und sich mit einem verlegenen Lächeln durch ihr Haar fährt.

Sie trägt ein schwarzes, hautenges Kleid und Pumps mit roter Sohle und sehr hohen Absätzen. In diesem Aufzug wirkt sie in dem japanischen Schnellrestaurant, in dem wir uns verabredet haben, wie ein verirrtes Covermodel der Cosmopolitan. Ich werfe kurz einen Blick auf die anderen Gäste und stelle fest, dass ich mit Jeans und Bluse deutlich passender gekleidet bin. Der kleine Anflug von Unsicherheit, der mich bei ihrem Anblick überkommen hat, verfliegt zum Glück rasch wieder. Das Restaurant ist gut gefüllt, aber zu meiner Erleichterung entdecke ich keine meiner ehemaligen Kollegen.

»Schön, dass du gekommen bist. Ich dachte schon …« Sie verkneift sich den Rest des Satzes, nachdem sie mich mit zwei Wangenküssen begrüßt hat, und setzt sich umständlich in ihrem sehr kurzen Kleid auf die Bank zurück. Stirnrunzelnd nehme ich ihr gegenüber Platz. »Wir waren doch verabredet. Wieso hätte ich denn nicht kommen sollen?«, frage ich irritiert. Sie hebt die Schultern und lächelt.

»Tut mir leid. Gebranntes Kind ... Manchmal gehe ich Leuten wohl auf die Nerven und sie sind zu höflich, mir das zu sagen. Ich dachte, du wärst auch so. Höflich.«

»Ich bin zwar höflich, aber wenn ich dich nicht hätte treffen wollen, hätte ich das sicher gesagt. Was zum Teufel ist mit deinen Haaren passiert?«

Sie lacht. Ein seltsames Geräusch, das gepresst aus ihrer Kehle dringt.

»Ich fand deine Haarfarbe so schön, und da hab ich letzte Woche mit dem Handy ein Foto von dir gemacht, als du auf der Straße vor dem Büro gestanden hast, und meinen Friseur gebeten, mir diese Farbe zu färben. Ist doch ziemlich gut getroffen, oder?«

Sie nimmt eine ihrer ehemals blonden Strähnen zwischen zwei Finger und hält sie mir mit einem Lächeln hin. Ich schlucke. Ein sehr unangenehmer Knoten bildet sich in meinem Magen. Du liebe Zeit, ist sie irgendwie verrückt oder was?

»Du hattest so schöne blonde Haare«, sage ich fassungslos und schüttle den Kopf. »Wieso hast du das getan?«

Melanie sieht mir in die Augen. Ihre Lider sind schwer von Mascara und einem zu dicken Lidstrich, der ihren veilchenblauen Augen einen schläfrigen Ausdruck verleiht. »Deine Haare haben so schön geglänzt«, sagt sie leise. »Bist du sauer deswegen?«

Ich kaue auf meiner Lippe, während ich sie stumm

betrachte. Dann schlage ich die Beine übereinander und zwinge mich zu einem Lächeln. Das merkwürdige Gefühl im Bauch bleibt.

»Nein, bin ich nicht. Ich finde es nur ... seltsam. Ich habe mir immer eine andere Haarfarbe gewünscht, deshalb kann ich nicht glauben, dass sich jemand freiwillig die Haare rot färbt. Ich würde meinen rechten Arm für blonde Haare hergeben, aber leider ist da nichts zu machen. Die Biester lassen sich nicht färben.«

»Zum Glück!« Melanie greift über den Tisch nach meiner Hand und schlingt ihre Finger um meine. Ihre Hand ist eiskalt. »Ich liebe deine Haarfarbe, sie ist absolut großartig. Das meinte übrigens auch mein Friseur, und der muss es wohl wissen.«

»Tja. Also ... wenn du dich damit wohl fühlst ...?« Zweifelnd registriere ich ihr heftiges Nicken. Dann wirft sie einen Blick auf die Speisekarte über der Theke.

»Ich hab ziemlichen Hunger. Weißt du schon, was du möchtest?«

»Ich nehme das Hühnchen mit Nudeln in Kokosnuss-Sauce«, sage ich entschlossen. Normalerweise brauche ich lange, um mich für ein Essen zu entscheiden, aber gerade wünsche ich mir nur, diese Verabredung so schnell wie möglich zu beenden.

»Oh, das klingt gut, das nehme ich auch.«

Ich tauche unter den Tisch, um in meiner Handtasche nach meinem Portemonnaie zu kramen, aber

Melanie steht schon. »Ich hol das Essen«, sagt sie eilig und geht zielstrebig nach vorn. Ich bin nicht die Einzige, die ihr nachsieht, stelle ich fest und muss schmunzeln. Ihr Aufzug und die Tatsache, dass sie wirklich wunderschön ist, verdreht einigen männlichen Gästen die Köpfe.

Minuten später stellt sie ein Glas mit Umeshu auf Eis vor mir ab und lächelt verlegen. »Ich dachte, ein bisschen Wein zum Essen kann nicht schaden. Da du doch Urlaub hast.«

»Vielen Dank. Eigentlich trinke ich tagsüber keinen Alkohol, aber ...«

»Das ist nur süßer Pflaumenwein mit wenig Alkohol, keine Sorge. Ich bin auch kein Alltagstrinker. Geschweige denn eine Alkoholikerin.« Sie lacht. Viel zu laut und grell. Das Geräusch jagt mir eine Gänsehaut über den Körper und ich spüre im Rücken, dass andere Gäste uns anstarren.

Während des Essens fragt sie mich so viele Dinge, dass sie lange vor mir fertig ist. Die Hälfte meiner Portion lasse ich stehen, weil mir der Appetit vergangen ist. Mein Herz klopft heftig. Ihre letzte Frage hat mich alarmiert.

»Wozu willst du wissen, ob mein neuer Freund gut im Bett ist?«, frage ich mit hochgezogener Braue. Ich flüstere, weil das Gespräch für mich eine peinliche Wendung nimmt.

»So was erzählt man sich doch unter Freundinnen«,

erwidert sie achselzuckend. »Oder nicht?«

»Vielleicht. Aber wir sind keine Freundinnen.« Ich fühle mich wie jemand, der einen Welpen getreten hat, weil ihre Augen sich mit Tränen füllen. »Entschuldige, ich wollte sagen ... Wir kennen uns noch nicht lange und auch nicht besonders gut. Deshalb finde ich das ...«

»Darum sind wir doch hier«, fällt sie mir ins Wort und wischt eine Träne aus dem Augenwinkel. »Um uns kennenzulernen. Und Freundinnen zu werden.«

»Melanie ...« Ich seufze leise, weil ich nicht weiß, was ich sagen soll. Außerdem bekomme ich Kopfschmerzen von dem viel zu süßen Wein, obwohl ich nur dran genippt habe. Melanie steht auf und geht um den Tisch herum zu mir. »Tut mir leid. Ich weiß, ich bin komisch«, sagt sie und beugt sich zu mir, um mich zu umarmen. Etwas widerwillig erwidere ich die Geste, dann höre ich ein Geräusch und auf einmal wird es kalt und nass an meinem Bauch.

»Ach du ... Sorry! Das wollte ich nicht!« Melanie richtet sich wieder auf und presst die Hand vor den Mund, während ich mir die Bescherung ansehe. Bei ihrer Umarmung hat sie mein Glas umgekippt, auf meiner Seidenbluse befindet sich mittig ein ziemlich schnell wachsender Fleck.

»Herrje. Das ist nicht schlimm, kein Problem. Ich geh nur schnell ... Das wasche ich besser mal eben aus, sonst ist die Bluse hin. Bin gleich wieder da«, sage ich und eile auf die Toilette. Im Vorraum ziehe ich die Bluse aus und befeuchte ein paar Papiertücher mit kaltem Wasser. Lieber Himmel. Melanie macht mir langsam etwas Angst. In was bin ich hier reingeraten? Was stimmt nicht mit ihr?

Abgesehen davon, dass sie sich nach nur wenigen kurzen Begegnungen die Haare in meiner Farbe tönen lässt? Allein das ist seltsam genug, wenn ich ehrlich bin, aber da ist noch etwas anderes. Etwas, das ich nicht greifen kann. Hat Jonathan sie auf mich gehetzt, um einen Beweis gegen Braden in der Hand zu haben? Zuzutrauen wäre ihm das, und es würde auch ihre neugierigen Fragen nach meinem Freund erklären.

Nach der Wäsche föhne ich meine Bluse kurz unter dem Handtrockner, bis ich sie wieder anziehen kann, und kehre nach etwa zehn Minuten ins Restaurant zurück. Noch in der Tür erwische ich Melanie dabei, wie sie meine Handtasche unter den Tisch zurückstellt. Sofort beschleunigt sich mein Puls wieder.

»Entschuldige, aber … Was machst du da mit meiner Tasche?« Mit gerunzelter Stirn bleibe ich vor dem Tisch stehen und sehe sie fest an. Sie wird nicht rot. Wirkt nicht einmal verlegen. Stattdessen lächelt sie breit.

»Ich dachte, dein Handy hätte geklingelt und wollte es aus der Tasche holen, aber dann habe ich bemerkt, dass der Ton woanders herkam.«

Ich hole tief Luft. Das Essen ballt sich in meinem

Magen zu einem Klumpen zusammen.

»Also, das ist ...« Mir fehlen die Worte. Melanie leert ihren Pflaumenwein und legt den Kopf schief. Ihre blauen Augen sind riesig.

»Lilian, sorry, es tut mir leid. Ich wollte nicht aufdringlich sein. Es war ein Reflex. Wenn ein Telefon klingelt, kann ich mich einfach nicht bremsen. Und im Restaurant finde ich es immer peinlich, deshalb wollte ich es nur rausholen. Tut mir leid, wenn es dich gestört hat.«

»Ja, es stört mich«, antworte ich schroff und bücke mich nach meiner Tasche. »Und ich muss jetzt leider auch gehen.«

»Wieso?« Ihre Augen werden groß. »Ich dachte, du hast Urlaub und wir könnten noch ...«

»Sei mir nicht böse, aber das hier ... Es ist mir zu viel. Ich habe gerade eine ziemlich böse Erfahrung hinter mir und bin etwas durch den Wind. Und übrigens – du kennst nicht rein zufällig einen Jonathan Palmer?« Ich umklammere meine Handtasche fester, ohne ihren Blick loszulassen. Fixiere ihre Augen und ihr Gesicht, um jede Reaktion auf diese Frage mitzubekommen, da sie mir vermutlich nicht die Wahrheit sagen wird. Doch ich entdecke nichts Verräterisches, als sie verständnislos den Kopf schüttelt. Kein Zucken der Lider, kein Erröten, kein ertappter Blick. Nichts.

»Nein, wie kommst du darauf? Wer ist das?«, fragt sie.

Seufzend setze ich mich seitlich wieder auf die Bank ihr gegenüber, lasse die Tasche aber nicht los. »Jonathan ist mein Ex-Mann und versucht gerade, unsere Scheidung zu verhindern. Ich ... Wir hatten keine glückliche Ehe, er hat mich unter anderem mit meiner ehemals besten Freundin betrogen. Und da er Anwalt ist und mit allen Mitteln kämpft, muss ich im Moment halt vorsichtig sein.«

Melanie legt eine Hand vor ihren Mund und starrt mich an. »Oh Gott, Lilian, das tut mir leid! Das wusste ich nicht! Ich dachte, du wärst ... Du wirkst so glücklich, so frisch verliebt. Ich war mir sicher ...«

»Schon gut«, unterbreche ich sie. »Aber ich hoffe, du verstehst mein Misstrauen. Schließlich kennen wir uns kaum, und ich traue ihm alles zu. Auch, dass er mir eine Frau wie dich auf den Hals hetzt, um mich auszuspionieren.«

»Mit deiner besten Freundin ...« Sie schüttelt den Kopf. »Das ist echt mies. Ich kann mir vorstellen, wie es dir jetzt geht. Sorry, wenn ich aufdringlich wirke. Ich bin ... vielleicht ein wenig einsam, seit mein Freund mich verlassen hat. Das gebe ich zu. Ich hatte leider nie besonders viele Freunde. Ich habe zu viel gearbeitet in den letzten Jahren und meine Freunde vernachlässigt. Das habe ich aber erst gemerkt, als es zu spät war. Aber ich schwöre dir, dass ich deinen Ex-Mann nicht kenne und auch nicht von ihm geschickt wurde. Ich habe nur versucht, dich kennenzulernen, weil ich dich nett fand.

Mehr nicht.«

»Der Zeitpunkt ist leider gerade ziemlich ungünstig«, sage ich und zwinge mich zu einem Lächeln. »Also, dann ...«

Als ich wieder aufstehe, wendet sie sich ab und schaut zum Fenster. Ihre Schultern wirken steif. Sie tut mir leid. Wirklich. Aber ich kann einfach nicht. Ich muss jetzt endlich an mich selbst denken und anfangen, mein Leben in die Hand zu nehmen.

»Darf ich dich noch mal anrufen?«, fragt sie leise, nachdem ich mich zum Gehen gewendet habe. Ich bleibe stehen. Mein Herz klopft immer noch zu schnell.

»Meinetwegen«, antworte ich ausweichend. »Ja, irgendwann später vielleicht. Mach's gut, Melanie. Ich wünsche dir alles Gute.«

Sie nickt stumm, umklammert den Weinbecher mit beiden Händen und starrt vor sich auf den Tisch. Gott, sie tut mir wirklich leid, und ich habe sofort ein schlechtes Gewissen, dass ich sie so zurücklasse. Aber sie ist eindeutig zu weit gegangen, und sie macht mir Angst.

Als ich auf die Straße trete und ein frischer Wind unter meine Bluse fährt, geht es mir langsam besser. Aber plötzlich wird die Sehnsucht nach Kristen wieder stärker. Wie gern würde ich sie jetzt anrufen und ihr erzählen, was ich erlebt habe! Mit ihr gemeinsam über Melanie lachen, die offenbar kein Gefühl für die nötige

Distanz hat. Ihr von Braden erzählen. Mit ihr über Ken lästern und mich von ihr trösten lassen, dass ich doch sowieso nie wirklich glücklich mit dem Job war ...

Ich schlucke hart. Meine Finger umklammern das Handy in der Tasche. *Ruf sie einfach an*, flüstert eine Stimme in mir. *Ihr habt euch mal geschworen, niemals einen Mann zwischen euch kommen zu lassen. Sie war deine beste Freundin. Wie konnte das passieren? Du willst doch Antworten, Erklärungen. Warum ausgerechnet Jonathan? Von allen Männern, die es in London gibt, musste es ausgerechnet Jonathan sein? Was hat sie sich dabei gedacht? Du willst es wissen, Lilly. Ruf sie an und sprich mit ihr.*

Ich bleibe in einem Hauseingang stehen, schließe kurz die Augen und atme mehrmals tief durch. Erst als ich Sekunden später wieder hochschaue fällt mir der Mann auf, der unmittelbar nach mir das *Wagamama*-Restaurant verlassen hat und nun stehengeblieben ist. Er tut so, als ob er die aushängende Speisekarte im Fenster studiert – aber ich erkenne sein Spiegelbild im Glas und sehe, dass er mich beobachtet.

Ein eisiger Schauer läuft mir über den Rücken.

Braden

Es ist erst Nachmittag, aber der Tag fühlt sich jetzt schon an wie einer der längsten Tage des Jahres. Nur Aktenkram, kein einziger Gerichtstermin. An solchen Tagen frage ich mich, ob ich wirklich den richtigen Beruf gewählt habe. Ich hasse Papier. Und im Moment hasse ich sogar dieses Büro, weil ich gerade gern ganz woanders wäre. Bei Lilly.

Die Art und Weise, wie ich unverhofft zu einem Foto von ihr gekommen bin, ist allerdings alles andere als schön. Trotzdem starre ich seit einer halben Stunde auf dieses Bild, das vor mir auf dem Schreibtisch liegt. Es kam anonym mit der Post, aber mir ist natürlich klar, wer dafür verantwortlich ist. Zähneknirschend tippe ich mit dem Kugelschreiber auf das Blatt vor mir, das zu Lillys Akte gehört. Es geht nicht anders – ich brauche den Beweis von Kristen für Jonathans Untreue, dann ist diese ganze beschissene Sache sehr schnell vom Tisch.

Kristens Mail, in der sie mir den Termin für ihre Untersuchung mitgeteilt hat, beruhigt mich nur wenig. Was, wenn ich mich geirrt habe und Jonathan wirklich nicht der Vater ihres Kindes ist? Dann haben wir nichts mehr gegen ihn in der Hand, denn dass er es mit Lillys bester Freundin getrieben hat, kann ich nicht beweisen. Ist Kristen vertrauenswürdig genug?

Maggys Klopfen reißt mich aus den Überlegungen. Sie steckt den Kopf durch den Türspalt. »Braden, du hast heute keine Termine mehr. Ich wollte fragen, ob ich schon gehen kann? Wir haben heute Hochzeitstag und ich wollte mir noch ein paar schicke Dessous ...«

»Ja, in Gottes Namen, geh!«, unterbreche ich ihren Redeschwall, bevor ihre Worte mir ein unerwünschtes Kopfkino bereiten. Ich möchte mir wirklich nicht vorstellen müssen, welche Art von Dessous meine Assistentin trägt. »Ist schon gut, Maggy. Geh nur«, füge ich in etwas versöhnlicherem Ton hinzu. »Ich hab noch zu tun, aber das kriege ich ohne dich hin.«

Maggy strahlt mich an. »Danke, Braden. Bleib nicht so lange heute. Du solltest das Wetter mal ausnutzen und an die frische Luft gehen. In letzter Zeit bist du etwas blass um die Nase.« Sie hebt kokett die Brauen, dann verschwindet sie. Mein Handy vibriert. Seufzend nehme ich es auf und will den Anruf beantworten, doch es ist nur eine Kurznachricht. Von Lilly. Mein Puls beschleunigt sich, als ich ihren Namen lese, und in freudiger Erwartung öffne ich die Nachricht. Um gleich darauf das Handy wie eine heiße Kartoffel fallen zu lassen. Was zum Geier ...?

Jonathan und ich sind wieder zusammen, die Scheidung ist abgeblasen. Tut mir leid. Und ruf mich nicht mehr an. Lilian.

Hitze schießt durch mich hindurch. Ich fange an zu schwitzen. Gleichzeitig klappern meine Zähne, weil so viel Adrenalin durch meine Adern strömt, dass mir schwindelig wird. Sofort nehme ich das Telefon wieder in die Hand und betätige die Kurzwahl. Ich höre den Freiton kaum, weil mein Puls so laut in den Ohren hämmert, dass es schmerzt. Aber sie geht nicht ran. Vergeblich warte ich auf den Klang ihrer Stimme. Nicht mal die Mailbox antwortet, dafür wird die Leitung nach gefühlten zehn Minuten durch eine automatische Ansage unterbrochen.

The person you have called is temporarily not available.

Mir war bis vor wenigen Sekunden nicht klar, dass eine Telefonansage körperliche Schmerzen verursachen kann. Ein heftiger Stich fährt mir durch die Eingeweide, meine Hände zittern. Ich brauche nur einen kurzen Moment, um zu wissen, was ich zu tun habe. Stopfe das Handy in meine Hosentasche, greife mir das Sakko, das über dem Stuhl hing, und stürme aus dem Büro zum Auto in die Tiefgarage. Ich muss zu ihr. Ich muss wissen, was passiert ist. Heute. In den wenigen Stunden, in denen ich sie nicht gesehen habe. Gestern war noch alles in Ordnung, und ich kann nicht glauben, dass sie mir so eine Nachricht schreiben würde. Dass sie alles, was wir hatten und noch vorhaben, mit ein paar Worten auswischen könnte.

Nein, nicht Lilly. Niemals. Ich kann mich unmöglich so in ihr getäuscht haben.

Lilly

Er folgt mir noch immer. Wie ein Jäger, der seiner Beute nachschleicht. Meine Hände fühlen sich eisig an, und ich traue mich nicht, irgendwohin zu gehen. Nicht nach Hause, und schon gar nicht zu Braden, denn das ist es doch wohl, was dieser Typ erwartet. Einen Beweis dafür, dass zwischen mir und Braden etwas passiert ist. Am liebsten würde ich stehenbleiben, mich auf dem Absatz umdrehen und auf ihn zugehen, um ihn zur Rede zu stellen. Aber ich bin nur in Gedanken mutig; in Wahrheit setzt mir diese Verfolgung so zu, dass mir das Atmen schwerfällt.

Seit einer Stunde laufe ich wie ferngesteuert durch die Stadt, betrete ab und zu ein möglichst überfülltes Geschäft, um ihn abzuschütteln, aber ich habe keine Chance. Offenbar handelt es sich um einen Profi, denn immer, wenn ich mich sicher wähne und erfreut feststelle, dass er weg ist, taucht er wie aus dem Nichts wieder auf. Seine Erscheinung lässt mich schaudern. Er ist mindestens zwei Meter groß, und sein bulliger Glatzkopf mit der breiten Narbe auf der Wange wirkt nicht gerade vertrauenswürdig. Ein sehr auffälliger Mann; viel zu auffällig, um als Privatdetektiv jemanden zu beschatten. Habe ich etwas zu befürchten? Wartet er vielleicht darauf, dass ich eine ruhige Seitenstraße betrete, in der er mir auflauern kann? Mir ist eiskalt, obwohl die Sonne heute scheint. Würde Jonathan in seinen Rachegelüsten so weit gehen? Die Sache mit Braden muss ihn mehr verletzt haben, als ich befürchtet habe, was mich wundert. Nach allem, was er mir in den letzten Jahren angetan hat bin ich nicht davon ausgegangen, dass ihm besonders viel an mir liegt. Oder ist es nur gekränkte Eitelkeit? Verletzter Stolz? Geldgier, weil er befürchten muss, dass ich vor Gericht Recht bekomme, sobald feststeht, dass er der Vater von Kristens ungeborenem Baby ist?

Ich werfe einen Blick über die Schulter. Der Typ steht ein paar Meter hinter mir vor einem Laden und starrt ins Schaufenster, aber mir ist klar, dass er mich nicht aus den Augen lässt. Lieber Himmel. Noch nie fühlte ich mich so einsam wie in diesem Moment. Noch nie habe ich mir so sehnlich Beistand gewünscht.

Jetzt reiß dich zusammen, Lilly. Sei kein dämlicher Feigling. Entweder du schaffst es, ihn loszuwerden, oder du gehst einfach auf ihn zu und sprichst ihn an. Damit er weiß, dass du ihn wahrgenommen hast.

Ich schaffe es nicht. Stattdessen fällt mein Blick auf ein Wellness-Studio gegenüber, und mein Herz klopft erneut schneller. Diesmal allerdings vor Freude über diesen genialen Plan, denn das Studio ist explizit nur für Frauen. Ha! Ohne mich noch einmal umzusehen laufe ich über die Straße und betrete das mir unbekannte Studio am Rande der City.

»Guten Tag! Wie kann ich Ihnen helfen?«

Noch etwas atemlos bleibe ich in dem sehr kühl gestalteten Vorraum stehen und schaue mich um. Eine junge Frau hinter der Theke lächelt mich freundlich an, aus Lautsprechern dringt beruhigende Musik.

»Ich … Entschuldigen Sie bitte, aber es ist sozusagen ein Notfall«, sage ich und versuche, das Lächeln zu erwidern. Gleichzeitig flackert mein Blick über die Tafel, die über ihrem Kopf hängt und auf der alle möglichen Dienstleistungen notiert sind. Mit gesalzenen Preisen, aber das ist mir egal.

»Auf Notfälle sind wir spezialisiert.« Die junge Frau kommt hinter dem Glastisch hervor und auf mich zu. »Liebeskummer? Trennung? Job verloren?«

»Alles auf einmal«, bestätige ich, woraufhin sie das Gesicht zu einer schmerzverzerrten Grimasse verzieht. Ich muss lachen. »Ich weiß, das klingt schlimm und das ist es auch. Aber ich … Mir würde etwas Wellness sicher gut tun. Am liebsten – das ganze Programm?«

Ihr Gesicht erhellt sich sichtbar. Sie hat hellblaue Augen unter einem strohblonden Pony, der ihre Brauen verdeckt, und ist vermutlich Mitte zwanzig. Dass außer mir niemand sonst hier zu sein scheint, irritiert mich nicht. Der Fensterbeschriftung nach zu urteilen ist das Studio neu; es hängen sogar noch pinke Luftballons über der Tür.

»Sie sind meine erste Kundin heute«, sagt die junge Frau und legt ihre Hand auf meinen Oberarm. Sofort beruhige ich mich, zumal sich seit meinem Eintreten die Tür nicht geöffnet hat. Ich traue mich aber auch nicht, nach hinten zum Fenster zu schauen um zu sehen, ob er davorsteht und mich beobachtet. Und wenn schon – mal sehen, wer den längeren Atem hat.

»Also, ich kann Ihnen anbieten ...«

»Ich nehme alles«, sage ich entschlossen und ziehe meine Jacke aus, die sie mir aus der Hand nimmt. »Alles, was Sie bis heute Abend machen können. Ich habe nämlich heute Zeit. Sehr viel Zeit, um genau zu sein.«

»Dann legen wir doch gleich mal mit einer Peelingmassage los, würde ich sagen. Kommen Sie, ich bringe Sie nach hinten, da sind wir ungestört. Ich bin übrigens Alice.«

»Lilly. Schön, Sie gefunden zu haben«, sage ich und reiche ihr die Hand. Anschließend geht Alice zur Tür und hängt ein Schild hinein, dann höre ich, dass sie abschließt. Sofort fällt die Anspannung von mir ab und ich könnte jubeln über meine großartige Idee. Jetzt kann er sich meinetwegen stundenlang die Füße platt stehen und darauf warten, dass ich wieder rauskomme. Auf dem Weg nach hinten, wo mich neben schummriger Beleuchtung und einigen Massageliegen auch wunderbare exotische Düfte begrüßen, fällt mir noch etwas ein.

»Ach, entschuldigen Sie, das klingt sicher seltsam, aber ... Gibt es zufällig noch einen Hintereingang?«

Alice nimmt mir die Handtasche ab und legt sie auf einen Stuhl in der Ecke, dann zwinkert sie mir zu. »Selbstverständlich. Sie können später gern über den Hof hinten raus, dann landen Sie in der Parallelstraße hinter uns.«

»Großartig«, sage ich erleichtert und fange an, mich für die Massage auszuziehen. Dann vergesse ich tatsächlich für ein paar Stunden den ganzen Ärger und genieße die kundigen Hände von Alice.

Braden

»Verdammter Mist! Lilly, mach auf!« Ich klopfe mit den Fäusten gegen ihre Tür, bis eine Etage über mir die Tür aufgeht und ein strubbeliger Haarschopf über der Treppenbrüstung erscheint.

»Ach so, Sie sind das. Die ist nicht zu Hause.« Ben runzelt die Stirn. »Ist was los?«

»Ja«, knurre ich und gehe zur Treppe, um nach oben schauen zu können. »Weißt du, wann sie das Haus verlassen hat?«

Ben zuckt die Achseln. »Zu früh für mich jedenfalls. Ich war noch nicht ganz wach.«

Das glaube ich sofort, denn er sieht auch jetzt noch nicht *ganz wach* aus.

»Ist was passiert? Kann ich helfen?«

Sein Interesse rührt mich, trotzdem schüttle ich den Kopf. »Danke für das Angebot. Ich hinterlasse ihr eine Nachricht, sie geht nämlich auch nicht ans Handy.«

»Sie haben Ihre Handynummer? Wow.« Ben fährt sich durch die Haare und grinst. »Was wollen Sie dafür haben?«

»Vergiss es«, sage ich, krame ein Papiertaschentuch aus meiner Anzugjacke und suche nach einem Kugelschreiber. Dann kritzle ich meine Nachricht an Lilly auf das Tuch und lege es auf ihre Fußmatte, so, dass es zur Hälfte im Türschlitz klemmt. Mein Puls rast, und mir ist schwindelig. Aber das ist egal. Ich renne die Treppen runter und springe wieder ins Auto. Mein nächstes Ziel liegt in South Kensington, und der Gedanke daran treibt Schweiß aus meinen Poren.

•

»Scheiße! Fuck!« Das dämliche Handy fliegt auf den Beifahrersitz. Ich hole noch einmal tief Luft, starre auf das weiße viktorianische Haus, das sich wie ein Riese über mir erhebt und mich zu verspotten scheint. Der gepflegte Vorgarten trägt noch ganz deutlich Lillys Handschrift und vergrößert den Klumpen in meinem Magen.

Da er nicht in der Kanzlei war und seine Vorzimmerdame mir mitteilte, dass er einen freien Tag habe, vermute ich ihn zu Hause. Womöglich mit Lilly. Im Bett. Mein Atem geht schwer. Ich kriege keine Luft. Meine Hände fühlen sich eisig an.

Entschlossen steige ich aus, werfe die Autotür heftig ins Schloss und marschiere an dem schmiedeeisernen Zaun vorbei die Stufen hoch zur Eingangstür. Dann lege ich meinen Finger auf die Klingel und halte fest.

Der schrille Ton passt nicht zu diesem Haus. Ich hatte einen zarten Glockenton erwartet, nicht dieses grässliche Kreischen. Obwohl der Sound mir die Nerven raubt, lasse ich die Klingel nicht los. Bis ein unrasierter Jonathan die Tür aufreißt und mich mit höhnischem Grinsen anstarrt.

»Sieh mal einer an, was für ein unerwarteter Besuch.« Er lehnt sich in den Türrahmen, verschränkt die Arme vor der Brust und zieht die Brauen hoch. »Was kann ich für dich tun, Bennet? Oder besser gesagt – gegen dich?«

»Ist Lilly hier?«, frage ich atemlos und ringe um Fassung. Ich habe Jonathan noch nie in legeren Klamotten gesehen und muss neidlos anerkennen, dass er verdammt gut aussieht in den Designerjeans und dem schwarzen Hemd mit aufgekrempelten Ärmeln. Offenbar trainiert er neuerdings, denn früher ist mir nie aufgefallen, dass er breite Schultern hat. Meine Zähne knirschen.

»Wieso willst du das wissen?« Jonathan beugt sich ein wenig zu mir vor. Seine Augen funkeln. Es liegt so viel Überheblichkeit, so viel Triumph in seinem Blick, dass er mir die Antwort eigentlich nicht geben muss. Ich kann sie in seinen Gesichtszügen lesen wie in einem Buch. Der Klumpen im Magen scheint in Bewegung zu geraten, Übelkeit steigt in mir hoch.

»Ich muss sie sprechen. Wenn sie bei dir ist, lass mich …«

»Das ist nicht dein Ernst, Bennet. Hast du nicht schon genug kaputtgemacht? Lass sie in Ruhe, verdammt, und mich auch. Sie ist meine Frau und ich werde mich nicht so ohne Weiteres von ihr scheiden lassen. Schon gar nicht lasse ich sie mir von einem Idioten wie dir wegnehmen.«

Er kommt in Bewegung und macht Anstalten, die Tür vor meiner Nase zuzuwerfen, aber ich bin schneller und stehe schon im Türspalt, mit ausgestrecktem Arm.

»Ich muss sie sprechen«, sage ich eindringlich. Meine Schlagader pulsiert wie wild an meinem Hals. Hinter ihm, in der Küche oder dem Wohnzimmer oder was auch immer für ein Raum sich einige Meter den Flur entlang befindet, sehe ich einen huschenden Schatten.

»Lilly?«, rufe ich an Jonathans Schultern vorbei ins Nirgendwo. »Lilly! Wenn du da bist ... Ich muss mit dir reden.«

Anstelle einer Antwort wird die halb geöffnete Tür hinten im Flur zugezogen. Mein Versuch, mich an Jonathan vorbeizudrängen, um ins Haus zu gelangen, scheitert an seinem Körper, der sich mir in den Weg stellt.

»Lass mich mit ihr reden«, presse ich hervor.

Jonathan grinst höhnisch. »Reicht es dir nicht, sie zu ficken, Bennet? Seit wann hast du Spaß daran, mit Frauen zu reden? Ich kenne dich, zu gut und zu lange. Du bist nur an der Kohle interessiert, und den kleinen

Quickie zwischendurch nimmst du noch mal eben so mit. Ich hatte nicht erwartet, dass Lilly so eine kleine, notgeile Hure ...«

Mein Arm schnellt wie von selbst nach vorn, und ich versenke einen gezielten Fausthieb auf seiner Nase. Jonathan stöhnt auf, krümmt sich, greift sich ins Gesicht und starrt mich über seine Hand hinweg fassungslos an.

»Das wirst du bereuen, Bennet!«, ruft er, aber da bin ich schon auf dem Weg zurück auf die Straße. Mein Puls rast wie nach einem heftigen Sprint, meine Hand schmerzt von der Wucht meines Schlages, die mich selbst erschreckt hat. Dann steige ich ins Auto und fahre nach Camden. Auch, wenn sie nicht zu Hause ist – irgendwann wird sie zurückkommen, und dann bin ich dort und warte auf sie. Ich brauche eine Erklärung.

Lilly

»Vielen, vielen Dank, Alice! Ich fühle mich wie neu geboren!« Strahlend betrachte ich mein Spiegelbild. Ich sehe mindestens fünf Jahre jünger aus als vor ein paar Stunden. Wie hat sie das gemacht? Und ich bin so entspannt, als hätte ich gerade einen vierzehntägigen Strandurlaub hinter mir. »Was bin ich Ihnen schuldig?«

Die Summe, die sie ohne mit der Wimper zu zucken nennt, entlockt mir ein leises Stöhnen.

»Nein, Unsinn. Sie haben Recht. Diese Behandlung war jeden Penny wert«, sage ich dann rasch und krame in meiner Handtasche nach dem Portemonnaie. Das ich nicht finde. Schlagartig wird mir heiß. »Ach du je ... einen Moment, ich ...« Fieberhaft zermartere ich mir das Hirn, wo ich es zuletzt benutzt habe, aber mir fällt nichts ein. Das Essen hat Melanie mir ausgegeben. Habe ich es zu Hause vergessen? Oder hat Melanie etwa ... ? Entsetzt schnappe ich nach Luft, während Alice mit verschränkten Armen und gerunzelter Stirn vor mir steht. Oh verdammt, ich möchte im Boden versinken vor Scham.

»Es tut mir wirklich, wirklich leid, aber entweder mir hat jemand vorhin das Portemonnaie gestohlen, oder ich habe es zu Hause liegen lassen. Ehrlich!«, füge ich rasch hinzu, weil ihre Brauen immer weiter Richtung Haaransatz wandern.

Ich spüre plötzlich Schweiß unter den Achseln. »Ich fahre kurz nach Hause und hole einen Scheck. Oder nein, warten Sie. Ich habe noch eine zweite Kreditkarte zu Hause, die kann ich zur Not mitbringen und dann ...«

Alice schüttelt langsam den Kopf. »Nein. Sie gehen hier nicht weg, bevor Sie gezahlt haben. Da kann man mal sehen ... Ihnen hätte ich das nun wirklich nicht zugetraut.« Sie sieht richtig enttäuscht aus, und ich kann es ihr kaum verdenken. Herrgott, ist das peinlich! Gerade war sie noch so lustig und nett zu mir, wie eine gute Freundin. Und jetzt sieht sie mich an wie einen islamistischen Terroristen. Himmel!

»Alice, bitte! Ich will Sie nicht betrügen, um Himmels willen! Jemand hat mein Portemonnaie gestohlen und ich schwöre, ich komme heute noch zurück und bezahle!« Händeringend werfe ich ihr flehende Blicke zu, aber ihre Miene ist ausdruckslos. Bis sie sich plötzlich umdreht und zu dem Tresen hinten im Raum geht. Als sie das Telefon abnimmt, laufe ich mit drei großen Schritten zu ihr.

»Bitte! Sie glauben doch nicht wirklich, dass ich eine Betrügerin bin, Alice?«

Kopfschüttelnd wählt sie eine Nummer, und mir wird mulmig. Sie ruft doch in Gottes Namen jetzt nicht die Polizei? Meinetwegen? »Ich bin Anwältin. Ich habe ... warten Sie. Ich habe eine Visitenkarte dabei.« Hektisch krame ich in meiner Handtasche.

Alice lacht leise. »Den Visitenkartentrick kenn ich schon. Tut mir leid, aber Sie müssten schon mindestens einen Ausweis dabeihaben, damit ich Ihnen glaube. Und selbst dann ...« Sie verstummt und lauscht. »Ja, guten Tag. Hier spricht Alice Silvers vom Wellness-Institut *Ladies only* in Soho. Ich wurde überfallen.«

Ich schnappe nach Luft, mein Kopf fühlt sich an wie ein Heißluftballon. Die restlichen Worte rauschen an mir vorbei; ich nehme sie am Rande wahr, verstehe aber den Zusammenhang nicht mehr. Sie hält mich für eine Diebin. Mich! Die sogar einen Zwanzig-Pfundschein im Fundbüro abgibt. Die immer zu viele Steuern zahlt und nicht mal einen Kugelschreiber von *A & J Studios* besitzt. Entschlossen hole ich mein Handy aus der Tasche und rufe Braden an.

Meine Hände schwitzen, das Telefon rutscht zwischen meinen Fingern hin und her. Nach dem Freizeichen ertönt eine automatische Ansage, dass der Teilnehmer derzeit nicht erreichbar ist. Verwirrt schaue ich auf mein Telefon. Es ist mitten am Tag, und das sieht Braden gar nicht ähnlich. Die Nummer seines Büros habe ich blöderweise nicht eingespeichert und auch nicht dabei. Alice hat aufgelegt und steht mit verschränkten Armen in der Tür, während sie mich kopfschüttelnd beobachtet. »Ich habe die Polizei schon verständigt«, erklärt sie mir. Bevor ich gleich auf der Polizeistation lande, wähle ich einfach eine andere Nummer, die ich vor Wochen aus meinem Telefonbuch gelöscht hatte. Allerdings kenne ich sie auswendig. Als Kristen sich verwirrt meldet, stoße ich erleichtert den Atem aus. »Oh Gott, Kristen! Zum Glück bist du da! Du musst mir helfen, bitte!«

Braden

Auch meine fünfte Kurznachricht an Lilly bleibt unbeantwortet. Also versuche ich es mit meiner letzten Chance und rufe Kristen an. Trommle mit den Fingern auf meinem Lenkrad herum, während ich dem Freiton lausche. Als die Mailbox anspringt, werfe ich das Telefon fluchend von mir und schlage mit den Fäusten auf das Lenkrad ein. Verdammte Handys. Verfluchter Jonathan! Was zum Teufel ist hier eigentlich los? Gestern Abend war meine Welt noch in Ordnung, jetzt fühle ich mich, als ob mich jemand in ein anderes Universum gebeamt hätte. Das kann nicht sein. Ich glaube es einfach nicht.

Ich bleibe im Wagen sitzen und lasse das Gebäude nicht aus den Augen. Irgendwann muss sie nach Hause kommen, wo auch immer sie gerade steckt. Wieder und wieder starre ich auf das stumme Handy und wähle Lillys Nummer. Erfolglos. Mir ist warm, obwohl es langsam kälter wird und der Herbst sich deutlich zeigt. Eine Bewegung an der Tür lässt mich hochschrecken. Aus dem Augenwinkel erkenne ich noch eine weibliche Figur, die im Hauseingang verschwindet. Mit einem Satz bin ich aus dem Wagen, ohne die Tür zu schließen, und stürme über die Straße. Aber als ich die Haustür erreiche, fällt sie vor meiner Nase ins Schloss.

»Lilly!« Rufend trommle ich gegen die verschlossene Tür, dann betätige ich sämtliche Klingeln, wie vorhin auch. Irgendwer wird mir schon öffnen; ich bin hartnäckig und so schnell gebe ich sicher nicht auf.

»Lilly! Mach mir bitte auf! Ich muss mit dir reden.« Den Kopf in den Nacken gelegt schaue ich zu ihrem Fenster hoch, doch dahinter passiert nichts. Kein Licht, keine Schatten. Vielleicht war es eine andere Frau aus dem Haus. Verdammt, ich war nur ein paar Sekunden unaufmerksam! Minuten später reißt Ben sein Fenster auf und schaut zu mir herab. »Hey! Langsam nerven Sie aber, ich hab gerade gepennt. Die ist noch nicht zu Hause. Das wüsste ich nämlich, weil sie immer zuerst aufs Klo geht. Und wenn sie spült, rauscht es bei mir oben in den Rohren.«

Kopfschüttelnd kneife ich die Augen zusammen. »Sie ist aber gerade reingegangen. Ich hab sie doch gesehen!«

Ben zuckt die Achseln und gähnt, ohne die Hand zu benutzen. »Nee. Ganz sicher nicht. Ich kann aber nachgucken, wenn Sie wollen.«

»Mach mir einfach auf«, schlage ich vor. Mein Puls rast. »Dann sehe ich selbst nach.«

»Nö. Ich weiß ja nicht, ob sie Sie überhaupt sprechen will. Vielleicht haben Sie ihr was getan und sie geht Ihnen mit Absicht aus dem Weg. Ich guck mal eben.« Das Fenster wird zugeschlagen, dann passiert minutenlang nichts. Ich trete eine leere Coladose vom Gehweg und gehe zu meinem Auto zurück, wo ich mich stöhnend auf den Fahrersitz fallen lasse. Irgendwann wird sie mit mir reden müssen. Ich bin zum Glück geduldig.

Lilly

Ohne mit der Wimper zu zucken bezahlt Kristen die horrende Rechnung im Wellness-Studio. Ihr Lächeln wirkt unsicher und traurig, aber ich bin so froh sie zu sehen, dass ich plötzlich fast alles vergesse, was in den letzten Wochen passiert ist.

»Danke«, sage ich vor der Tür des Ladens. Von meinem Verfolger ist weit und breit nichts mehr zu sehen, offenbar hat er aufgegeben. »Komm, ich lade dich auf einen Kaffee ein. Oder ... eine heiße Schokolade?« Mit einem Blick auf ihren Bauch, der so flach ist wie immer, ziehe ich sie mit mir.

»Wie willst du mich denn einladen ohne Geld?« Kristen grinst. Als die winzige Lücke zwischen ihren Vorderzähnen aufblitzt, durchzuckt mich eine enorme Sehnsucht. Nach ihr. Ohne Worte falle ich ihr einfach um den Hals und drücke sie an mich, und zu meiner Erleichterung erwidert sie meine Umarmung.

»Scheiße, Lilly, es tut mir so leid«, stößt sie an meinem Hals hervor, und ich nicke.

»Mir auch! Was für eine verdammte ...«

»Weißt du noch wie wir uns geschworen haben, uns niemals wegen eines Typen zu zanken?« Kristen löst sich aus meiner Umklammerung und sieht mich lächelnd an. Ihre Wangen verdunkeln sich, sodass ihr Gesicht eine gesündere Farbe annimmt.

»Ich weiß.« Meine Augen brennen. »Und wir hätten einfach dabei bleiben sollen. Danke, dass du so schnell gekommen bist. Himmel, war das peinlich.«

»Du hattest Glück, dass ich gerade in der Nähe war. Bei Jonathan. Braden war kurz da und hat ihm angeblich die Nase gebrochen.« Kristen zieht die Brauen hoch und sieht mich scharf an. Ich kann mir das Lachen wirklich nicht länger verkneifen. Es macht mich glücklich, sie wieder bei mir zu haben, und ich bin mir sicher, dass wir das hinkriegen.

»Was? Wieso das denn?«

»Keine Ahnung!« Kristen zuckt die Achseln. »Ich hab nicht mitgekriegt, worum es ging, und Jonathan wollte es mir natürlich auch nicht sagen. Wir hatten über meine Untersuchung heute gesprochen. Er wollte nicht, dass ich hingehe, aber es war mir wichtig. Ich habe versucht ihn zu überreden, der Scheidung endlich zuzustimmen, damit das alles ein Ende hat, aber du weißt ja, wie stur er ist. Seit Braden da war, ist es fast noch schlimmer geworden. Und dann hast du angerufen.«

»Was für eine Untersuchung hattest du denn heute?«, frage ich. Mein Herz verkrampft sich, als Kristen die Augen zusammenkneift.

»Den Vaterschaftstest, um den Braden mich gebeten hat.«

»Braden hat ... was?« Vor meinen Augen schwankt plötzlich alles. Ich halte mich an der Wand fest und registriere gar nicht mehr, wie viele Menschen an uns vorbeihasten. Um diese Uhrzeit gleicht London einem Autorennen, allerdings ohne Autos.

»Braden hat mich letzte Woche angerufen und gebeten, einen vorzeitigen Test zu machen. Damit er Jonathan die Vaterschaft nachweisen kann, für euer Scheidungsverfahren. Und diesen Test habe ich heute gemacht.«

»Kristen ...« Ich weiß nicht, was ich sagen soll. Ich möchte mich irgendwo hinsetzen, aber wir stehen immer noch mitten auf der Straße herum. Kristen zieht mich mit sich in einen Hauseingang und legt mir beide Hände auf die Schultern. »Es ist okay, Lilly. Alles ist gut. Nichts passiert. Ich wusste nicht, dass du ...«

»Ich habe ihm gesagt, dass ich das nicht will. Ich weiß doch, wie sich das für dich angefühlt haben muss. Ich ... oh verdammt, es tut mir so leid!« Wut steigt in mir auf, und ich balle die Hände zu Fäusten.

»Ich hab es gern gemacht. Für dich, Süße. Mein schlechtes Gewissen hat mich schier zerfressen in den letzten Monaten. Du kannst dir nicht vorstellen, was ich durchgemacht habe. Und jetzt ...«

»Was ist jetzt?«, frage ich leise. Ihr Blick wirkt noch

immer müde, aber offener als vorhin.

»Ich würde alles tun, damit wir wieder Freundinnen sein können. Alles. Jonathan verlassen ... dir bei deiner Scheidung helfen ... was auch immer.«

Mein Herz pocht heftig, und ich muss schlucken. »Warum Jonathan? Warum ausgerechnet mein Mann?«

Kristen sieht mir fest in die Augen. Sie kaut auf ihrer Lippe, bevor sie mir antwortet. »Er war es schon immer, Lilly. Es tut mir leid, ich ... Er war es schon, bevor du ihn kennengelernt hast. Und dann kamst du und hast ihn ... Es ging alles so schnell zwischen euch, damals. So wahnsinnig schnell. Und du warst so glücklich mit ihm. Ich wollte unsere Freundschaft nicht wegen eines Typen zerstören, weißt du?«

Das Blut rauscht mir in den Ohren, ich kann kaum glauben, was sie mir da sagt.

»Du meinst, du hast jahrelang zugesehen, wie Jonathan und ich ... obwohl du ihn selbst ...? Oh mein Gott, Kristen!«

»Als es mit euch zu Ende ging ... Du hast mir ja immer alles erzählt. Ich wusste von jeder Affäre, die er hatte, von euren Problemen. Ich wollte mit ihm reden, und dann hatten wir mehrere Gerichtstermine zusammen und trafen uns ab und zu zum Essen.«

»Ich weiß«, sage ich leise, weil ich mich erinnere, wie Jonathan davon gesprochen hat. Das ist mehr als ein halbes Jahr her.

»Es ist einfach passiert. Du hattest mir gesagt, dass

du dich scheiden lassen willst, und ich habe mit ihm darüber geredet. Er sagte, dass eure Ehe schon lange nicht mehr in Ordnung sei. Dass es ihm leidtäte und er dir das alles nicht antun wollte, aber ... und dann ist es einfach passiert. In seinem Büro.«

Obwohl mir gar nicht zum Lachen zumute ist, muss ich kichern. Ich kann mir Jonathan beim besten Willen nicht bei heißem Sex im Büro vorstellen. Wirklich nicht.

»Ich hoffe, es war wenigstens gut für dich«, sage ich grinsend.

Kristen lacht. Laut. So laut, dass sich Menschen neugierig nach uns umdrehen. Dann hakt sie sich bei mir unter und wir gehen gemeinsam in den nächsten Coffeeshop, um weiterzureden. Über sie. Über uns. Über Jonathan und alles, was passiert ist. Nur über einen reden wir nicht – Braden. Die Enttäuschung über ihn nagt heftig an mir. Er hat mich nicht nur angelogen, sondern auch meinen eindeutigen Wunsch einfach ignoriert. Aus Gründen, die ich noch nicht nachvollziehen kann. Hat Jonathan am Ende recht und Braden ist nur an dem Geld interessiert, das er mit meiner Scheidung verdient?

Lilly

Etwas beschwipst nach einem langen Abend mit Kristen steige ich in ein Taxi. Mein Kopf schwirrt, weil wir so viel geredet haben, als ob wir uns drei Jahre nicht gesehen hätten, aber es fühlt sich gut an. Weil ich Kristen wiederhabe. Und weil ich feststellen musste, dass es seltsamerweise überhaupt nicht schmerzt, mir Kristen mit Jonathan zusammen vorzustellen.

Als er sie anrief und zur Rede stellte, warum sie noch nicht zu Hause war, holte er sich eine derartige Abfuhr von ihr ab, dass er kleinlaut wieder auflegte. Und da erst wurde mir klar, warum es mit uns nicht funktioniert hat – und warum es mit Kristen und ihm so viel besser laufen wird als mit uns. Jonathan hat meine Schüchternheit und mein mangelndes Selbstbewusstsein verachtet. Er hat mich nie respektiert. Kristen ist ganz anders als ich, und vor ihr hat er Respekt. Großen Respekt sogar.

Braden dagegen hat mich unterstützt. Er wollte mich beschützen, mir helfen, mich stärken. Der Gedanke ätzt wie Säure in meinem Magen. Ich bin so wütend auf ihn. Weil er mich enttäuscht hat mit seiner Lüge. Außerdem hat er sich den ganzen Tag nicht bei mir gemeldet. Kein Anruf, keine Nachricht, nichts. Das sagt ja wohl alles über seine wahren Absichten.

Ich bezahle das Taxi und klettere aus dem schwarzen Wagen. Noch bevor ich die Haustür erreicht habe, höre ich Schritte auf der Straße. Eindeutig männliche Schritte, und sie sind schnell. Mit pochendem Herzen wirble ich herum zu der dunklen Gestalt hinter mir und zerre gleichzeitig das Pfefferspray aus der Handtasche, das ich neuerdings bei mir trage. In Camden kann man schließlich nie wissen …

»Lilly!«

»Braden?«, rufe ich entsetzt, doch da hat sich mein Finger schon selbstständig gemacht und auf den Knopf gedrückt. Ich höre ein Zischen, anschließend ein heiseres Fluchen. »Oh Gott, es tut mir leid. Sorry! Ich wusste nicht, dass du es bist. Ich … oh Gott!«

Braden krümmt sich ächzend vor mir und reibt sich die Augen. »Lilly, was zum Teufel …? Fuck, das ist … scheiße.«

»Komm mit rauf. Du musst das ausspülen«, bestimme ich und schließe mit zittrigen Fingern die Tür auf. Braden richtet sich auf und sieht mich aus rot geränderten Augen an. Sein Anblick zerreißt mir fast das Herz.

»Ich bin okay. Geht schon. Du hast nicht richtig getroffen. Wo hast du gesteckt? Warum hast du meine

Anrufe nicht beantwortet? Was soll diese Nachricht bedeuten, die du mir geschickt hast? Lilly, ich habe den ganzen Tag hier auf dich ...«

»Ich hab mich mit Kristen getroffen, wir haben uns ausgesprochen«, unterbreche ich ihn. »Und ich bin übrigens sauer auf dich. Stinksauer sogar. Von daher hast du das Pfefferspray irgendwie verdient.«

»Wie bitte?« Braden starrt mich an. Seine Stirn liegt in Falten.

»Du hast ihr gesagt, dass sie die Untersuchung machen soll«, sage ich. »Dabei hatten wir besprochen, darauf zu verzichten.«

»Und, hat sie es getan?« Braden kneift ein tränendes Auge zu und zieht eine Grimasse. »Hat sie schon ein Ergebnis?«

»Du bist ein Idiot, Braden Bennet«, sage ich mit fester Stimme, obwohl mir übel ist. Kein Wort der Entschuldigung. Keine Reue. Es geht ihm wirklich nur um eins, und das bin ganz offensichtlich nicht ich.

Er wirft mir einen Blick zu. »Lilly, ich ...«

»Es hat mir natürlich gefallen, dass du so zielstrebig warst, Braden. Das gebe ich gerne zu. Dass du weißt, was du willst und alles dafür tust, es zu bekommen. Ich dachte, dass du auch mich wolltest und deshalb ... Aber das mit Kristen war ein Fehler. Ein verdammter Fehler. Du hast mich angelogen. Obwohl du genau weißt, wie schwer es mir im Moment fällt, irgendwem zu vertrauen. *Dir* zu vertrauen. Du bist nichts weiter als ein egoistischer, geldgeiler Idiot, der mich nicht respektiert. Jonathan hatte recht. Es ging dir die ganze Zeit offenbar nur um das Geld, das du mit mir und meiner Scheidung verdienen wolltest. Dafür würdest du alles tun, nicht für mich.«

»Scheiße, Lilly, ich …« Stöhnend reibt er sich noch einmal über die Augen, bevor er näherkommt und seine Arme nach mir ausstreckt. »Lilly, hör mir zu! Bitte! Ich …«

Allein sein vertrauter Geruch lässt mich nach Luft schnappen, aber ich schlage wütend seine Hand weg. »Hör auf damit, Braden. Diesmal kriegst du mich so nicht rum.«

»Lass mich doch erklären, warum ich …«

»Ich will keine Erklärung mehr von dir.« Das Herz hämmert mir gegen die Brust, und ich muss schlucken. »Ich will gar nichts mehr von dir. Nie wieder.«

»Lilly!« Sein Gesichtsausdruck sticht mir direkt ins Herz, und ich spüre Tränen in meiner Kehle. Bevor ich mich wieder anders entscheiden kann, stürme ich ins Haus und knalle die Tür hinter mir zu. Sein aufgeregtes Klopfen und Rufen ignoriere ich, bis ich oben angelangt bin. Dann husche ich in meinen Flur, schließe hinter mir ab und lasse mich auf den Boden sinken, mit dem Rücken zur Tür. Vergrabe das Gesicht in meinen Händen und lasse den Tränen, die mir in der Kehle brannten, freien Lauf.

Gottverdammt, warum kann nicht einfach alles gut

sein? Warum musste er das tun? Wieso musste er mich so enttäuschen?

Braden

Fassungslos starre ich auf die Haustür, die vor meiner Nase zugefallen ist. Meine Augen brennen wie Feuer, aber schlimmer ist der stechende Schmerz in mir. Was zum Teufel ist los mit ihr? Wenn sie wirklich wieder mit Jonathan zusammen ist, hätte sie mir das doch sagen müssen. Ich kann es nicht glauben. Wer zum Geier macht in unserem Alter noch per Kurznachricht Schluss?

»Fuck!«, rufe ich und trete gegen den Briefkasten am Haus, der heftig scheppert. »Verdammter Scheiß ... fuck!«

»Hey, Kollege!« Ben reißt über mir das Fenster auf. »Lass deinen Frust woanders raus. Hier wohnen Leute, die pennen wollen.«

»Ja, genau. Besonders du kleiner Kiffer«, knurre ich, gehe ein paar Schritte zurück und schaue nach oben. Lilly hat kein Licht gemacht, ihre Fenster sind stockdunkel. Mein Magen krampft sich zu einem harten Knoten zusammen, als ich zum Auto gehe und einsteige. Dann drehe ich die Musik auf, so weit, dass ich es gerade noch ertragen kann, und rase nach Hause. Unterwegs wabern düstere Gedanken durch meinen Kopf. Ich will eine Erklärung, das ist sie mir doch mindestens schuldig. Aber meine Versuche, sie anzurufen, schlagen fehl. Offenbar hat sie ihr Handy immer noch ausgeschaltet; ich lande nach wie vor bei einer automatischen Ansage.

Später zu Hause trinke ich den Whisky direkt aus der Flasche, ein Glas lohnt sich heute nicht für mich. Dann versuche ich Jonathan anzurufen, der aber auch nicht antwortet. Auch bei Kristen bleiben meine Anrufe vergebens. Nach dem siebten oder achten Schluck klingelt mein Handy, und ich springe wie angestochen auf, um ranzugehen.

»Lilly?«, frage ich sofort, ohne auf die Nummer zu sehen. Für zwei Sekunden herrscht Stille, während der sich mein Puls beschleunigt. Doch dann ertönt eine mir gut bekannte, hohe Stimme.

»Braden, ich bin‘s. Stephanie.«

Stöhnend lasse ich mich aufs Sofa fallen und nehme zur Sicherheit noch einen Schluck. Im nächsten Leben stehe ich auf Männer, das schwöre ich! Mit Sicherheit machen die deutlich weniger Probleme.

»Steph, ich hab gerade wirklich keine Zeit für dich«, versuche ich, sie abzuwimmeln.

»Aber du bist zu Hause. Allein.« Ihr Atem ist deutlich hörbar. Irritiert schaue ich zum Fenster. Meine

Vorhänge sind zugezogen, selbst wenn sie unten auf der Straße steht kann sie nicht sehen, dass ich allein bin.

»Wo bist du?«, frage ich alarmiert. »Steph?«

»Ich stehe vor deinem Haus. Ich dachte, du … Vielleicht hast du kurz Zeit für mich? Nur ein paar Minuten. Ich möchte so gern mit dir sprechen. Dich sehen. Dir etwas erzählen. Über Lilian.«

Alarmiert fahre ich vom Sofa hoch und stelle die Whiskyflasche ab. Verdammt, mein Wohnzimmer dreht sich schon. »Woher kennst du Lilian?«

Stephanie lacht leise. »Du hast mir doch selbst von ihr erzählt, Braden. Vor ein paar Wochen, nachdem sie in deinem Büro war und ihr dort …« Ein unterdrücktes Schluchzen erinnert mich an das Gespräch mit ihr, und ich muss mir ein Aufstöhnen verkneifen. »Ich hab getrunken und bin müde«, versuche ich noch einmal, sie abzuwehren. »Ich lege jetzt auf, Stephanie.«

»Bitte, Braden«, fleht sie. »Ich will nur mit dir reden, versprochen. Ich rühre dich nicht an.«

Der Sekundenzeiger der Uhr tickt unerbittlich. Es ist bereits halb zwei, und ich sollte zumindest morgen pünktlich im Büro sein, sonst reißt Maggy mir den Kopf ab. Mir ist klar, dass Stephanie es niemals bei ein paar Minuten belassen wird, wenn sie mich erst mal am Haken hat. Sie wird mir eine theatralische Szene machen, heulen, sich an meinen Hals werfen … oh fuck. Aber ich habe mir das selbst eingebrockt, weil ich nicht deutlich genug mit ihr war, daher sollte ich das jetzt auch ausbaden.

»Also schön, ich mach auf«, gebe ich schließlich nach, weil bis auf ihr leises Schluchzen kein Ton mehr aus dem Handy dringt. »Aber ich muss wirklich bald ins Bett, nur ein paar Minuten.« »Natürlich. Und danke«, antwortet sie und klingt auf einmal erstaunlich fröhlich. Skeptisch betätige ich den Türöffner und warte, die Whiskyflasche und ein noch leeres Glas in der Hand. Sie klopft kurz an, bevor sie reinkommt. Mit einem strahlenden Lächeln. »Hallo, Braden.« Ihre Stimme ist weich und dunkler als sonst. Verführerisch dunkel. Doch bei ihrem Anblick rutscht mir das leere Glas aus der Hand und zerschellt vor meinen Füßen auf dem Parkett.

»Was zum ...?«

»Ich hab dich so vermisst«, unterbricht sie mich lächelnd, lässt ihren Mantel über die Schulter nach unten rutschen und steht nackt vor mir. Ihre Haare sind gefärbt; wo früher blonde lange Locken waren, sehe ich jetzt Lilly. Oder zumindest Lillys Haarfarbe. Rot. Mein Herz rast.

Lilly

Zum zehnten Mal habe ich seine Nummer gewählt und wieder gelöscht. Ich kann es nicht. Dafür habe ich versucht, Melanie anzurufen, um sie zur Rede zu stellen. Denn ganz offenbar hat sie am Montag mein Portemonnaie gestohlen, und ich will wissen, warum sie das getan hat. Doch auch sie ist nicht zu erreichen. Verwirrt schaue ich mein Handy an, das seit Tagen wie tot ist. Gut, ich habe nie viel damit telefoniert oder sonst was getan, aber dass sich wirklich niemand bei mir meldet, schmerzt. Vor allem, weil ich tief in meinem Inneren doch auf eine Nachricht von Braden gehofft hatte. Eine Entschuldigung, eine Erklärung … irgendwas.

Am Nachmittag raffe ich mich endlich dazu auf, zu duschen und mich anzuziehen. Den halben Tag habe ich im Pyjama vor dem Fernseher vertrödelt; jetzt stapeln sich zehn leere Dessertgläser auf dem Esstisch und mir ist schon wieder schlecht. Nachdem ich mich halbwegs menschlich fühle, rufe ich Kristen an.

»Hey, Süße! Alles klar bei dir?«, begrüßt sie mich, als wäre nie etwas passiert. Das tröstet mich.

»Ich hab gestern schon bei dir versucht, aber dein Handy war wohl ausgeschaltet? Jedenfalls kam nur so eine dämliche Ansage. Ich wollte dir nämlich eine frohe Botschaft überbringen, aber das mache ich lieber persönlich. Bist du zu Hause? Dann komm ich nachher vorbei!«

Lachend lasse ich ihren Redeschwall über mich ergehen. Es ist nicht einfach nur so wie früher – es ist besser, als es in den letzten Monaten zwischen uns war. Was natürlich kein Wunder ist, schließlich hatte sie ein schlechtes Gewissen mir gegenüber, das jetzt offenbar verschwunden ist.

»Ich bin hier und freu mich, wenn du kommst«, sage ich. Verstohlen schaue ich mich in meiner kleinen Wohnung um, die aussieht, als wäre ein Panzertrupp durchgefahren. Zum Glück muss ich für Kristen nicht mal aufräumen. Sie kennt sowieso meine schlimmsten Seiten und hat mich in wirklich unmöglichen Situationen erlebt.

»Ich esse schnell noch was, dann bin ich bei dir. Sorry, aber wenn ich nicht alle zwei Stunden was esse, wird mir schlecht und ich werde unausstehlich, das willst du nicht erleben. Also in einer Stunde etwa, okay? Bis später!« Sie legt auf, und ich bringe es doch über mich, die Wohnung wenigstens halbwegs vorzeigbar zu machen, bevor sie kommt.

»Was ist dir denn passiert? Du siehst aus, als hättest du drei Tage nicht geschlafen!« Kristen schiebt mich auf Armeslänge von sich und betrachtet mich skeptisch. Mein Grinsen gerät gehörig schief.

»Braden und ich haben …« Oh Gott, ich bringe es nicht über mich. Kann es nicht aussprechen. Mein Herz rast plötzlich, als hätte ich die fetteste Spinne des Universums in der Zimmerecke entdeckt, und pumpt viel zu viel Blut durch meinen Körper. Kristen schiebt mich energisch zu meinem winzigen Sofa und pflanzt mich darauf.

»Was? Was ist passiert? Ich dachte, es wäre alles klar zwischen euch, jetzt wo Jonathan endlich Ruhe gibt?«

»Wieso sollte er Ruhe geben?«, frage ich verwirrt und versuche, den Kloß in meinem Hals runterzuschlucken. Kristen lacht. Ihre Augen strahlen heute wieder so wie früher. Oder noch mehr. Ihre Wangen sind leicht gerötet, als wäre sie durch die Kälte gelaufen. »Das ist die gute Nachricht, die ich dir mitteilen wollte. Er stimmt eurer Scheidung zu und hält auch den Test nicht mehr für nötig. Okay, das ist zu spät, denn der ist ja schon gelaufen, aber er will das Ergebnis gar nicht mehr abwarten. Allein die Tatsache, dass ich das über mich hab ergehen lassen, weil ich mir eben hundertprozentig sicher war, hat ihn wohl überzeugt.«

»Was soll das jetzt heißen?« Ich ziehe die Beine an meinen Oberkörper und schlinge die Arme um die Knie. Kristen lacht.

»Du brauchst keinen Anwalt mehr. Jonathan zahlt dir eine großzügige Abfindung und ihr werdet geschieden. Sofort, wenn du das willst. Er hat den komischen Typen, der dich überwachen sollte, schon zurückgepfiffen. Ich hab ihn vorhin wegfahren sehen.« Entsetzt stöhne ich auf. »Ernsthaft, der hat mich hier beobachtet? Ich hab das Haus seit vorgestern nicht verlassen. Das muss ziemlich öde für ihn gewesen sein.«

Kristen zuckt grinsend die Achseln. »Jonathan zahlt gut, von daher ... Aber jetzt ist er weg, und Braden und dir steht niemand mehr im Weg. Ich dachte, du freust dich?«

Meine Augen füllen sich mit Tränen. Ich blinzle sie weg und zwinge mich zu einem Lächeln, weil ich Kristen die Freude nicht verderben will.

»Wir sind nicht mehr ... Also, wir haben uns gestritten und ich hab ihm gesagt, dass ich ihn nicht mehr sehen will. Weil ich sauer war. Er hat dich um diese Untersuchung gebeten, obwohl ich deutlich gesagt hatte, dass ich das nicht will. Ich hätte dir das niemals zugemutet, Kristen! Und ich war so wütend, weil Jonathan gesagt hat, dass er nur hinter dem Geld her sei. Braden hat sich auch gar nicht mehr bei mir gemeldet in den letzten zwei Tagen, von daher denke ich ...«

Der Rest des Satzes erstirbt in einem lächerlichen Schluchzen, das einfach aus mir herausgebrochen ist. Kristen legt ihren Arm um meine Schulter und zieht mich an sich. »Scheiße, das tut mir leid. So leid! Ich fand euch so toll zusammen, ein bildschönes Paar. Und er wirkte so verknallt, auch als ich mit ihm gesprochen habe. Ich war mir sicher, dass du diejenige bist. Diejenige, die den harten Braden Bennet erweicht.«

»Offenbar nicht«, sage ich leise. Die Übelkeit kehrt zurück. Diesmal mit einer Wucht, die mich erschreckt und vom Sofa reißt.

»Oh Gott, ich muss …«, stoße ich aus, dann stürme ich in den Flur und schaffe es gerade noch rechtzeitig zur Toilette. Kristen folgt mir, kniet sich hinter mich und hält meine Haare fest. »Hast du das schon länger?«, fragt sie, nachdem ich abgespült und meine Zähne geputzt habe. Mir ist elend zumute. Vermutlich kann ich gar nicht so bleich sein, wie es sich anfühlt.

»Seit zwei Wochen ungefähr, aber seit ein paar Tagen ist es schlimmer geworden. Wieso fragst du?«

Kristen zieht mich zurück ins Wohnzimmer und dirigiert mich zur Couch. Dann hantiert sie an meinen beiden Küchenschränken herum und kramt Teebeutel und Wasserkocher hervor. »Ist es morgens schlimmer als sonst? Oder zu bestimmten Zeiten?«, fragt sie, mit dem Rücken zu mir, während sie Wasser aufkocht. Nachdenklich versuche ich, mich zu erinnern.

»Vielleicht. Ich weiß nicht genau …«

»Hast du mal einen Schwangerschaftstest gemacht?« Grinsend dreht sie sich um und kommt zu mir. Mein

Herz rutscht mir in den Magen.

»Um Himmels willen ... Das kann nicht sein! Ich nehme doch die Pille! Meistens jedenfalls. Fast immer. Nur in den letzten Wochen hab ich sie vielleicht mal vergessen. Zwei- oder dreimal. Es war alles ... ach du Scheiße! Hör auf zu lachen, Kristen!«

Schockiert vergrabe ich das Gesicht in den Händen.

»Sind deine Brüste gewachsen? Hast du ein komisches Ziehen im Unterleib gemerkt? Wann hattest du zuletzt deine Periode?« Kristen setzt sich neben mich und legt die Hände auf meine Oberschenkel. Ich zittere am ganzen Leib.

»Ich weiß es nicht. Ich hab überhaupt nicht darauf geachtet. Ich bin so ein Idiot!«

»Sieh zu, dass du die Scheidung so schnell wie möglich hinter dich bringst«, meint sie. »Denn sonst wird Jonathan automatisch als Vater eingetragen, solange ihr noch verheiratet seid, und dann haben wir beide unfreiwillig Geschwister gemacht!«

Obwohl mir nicht danach zumute ist, muss ich über die Vorstellung lachen. »Ah, das wäre wirklich ... schräg.«

»Und du solltest es natürlich Braden sagen.« Kristen legt den Kopf schief. »Jedenfalls musst du dir um deine Zukunft keine Gedanken machen. Du hast einen reichen Ex-Ehemann und noch dazu einen reichen Vater, der strammen Unterhalt zahlen wird. Herzlichen Glückwunsch.«

»Na super, was für eine großartige Karriere! Mein Vater wird so stolz auf mich sein!«, sage ich und verdrehe die Augen. Wir lachen, obwohl ich am liebsten heulen würde. »Was mache ich denn jetzt?«

»Erst mal mache *ich* was. Und zwar einen Test von Boots holen. Bin gleich wieder da.«

Auf der Unterlippe kauend bleibe ich wie in Trance auf meinem Sofa sitzen. Schwanger! Du liebe Zeit. Ich bin doch kein Teenager mehr, trotzdem habe ich geschlampt und nicht mal auf meinen Körper geachtet. Schließlich weiß ich schon, wie es sich anfühlt. Die Erinnerung an damals, als meine erste Schwangerschaft so abrupt zu einem Ende kam, zerrt an meinem Herzen. Aber sie wird überschattet von meinem Gefühl, einsam zu sein. Weil ich Braden so vermisse. Ich vermisse seine Ruhe, sein Lachen, seine Wärme. Seine Liebe.

Als Kristen mit dem Test zurückkommt, gehe ich mit klammen Fingern ins Bad. Eigentlich muss ich den Test gar nicht mehr machen, weil ich mir plötzlich sicher bin, dass Kristen recht hat. Wie konnte ich das nicht bemerkt haben? Trotzdem halte ich den Streifen in meinen Urin und gehe ins Wohnzimmer zurück, um gemeinsam mit Kristen für die nächsten Minuten gebannt auf das kleine Feld im Plastik zu starren.

Lilly

Der Absender des Briefes, den ich am Freitag aus dem Briefkasten fische, lässt mein Herz aufgeregt pochen. Noch vor der Tür reiße ich den Umschlag mit den Fingernägeln auf und falte das Papier auseinander, um es kurz darauf enttäuscht wieder sinken zu lassen.

Es ist ein formelles Schreiben, das garantiert Maggy getippt hat. Aber es ist immerhin von Braden unterschrieben. Nüchtern und sachlich teilt er mir darin mit, dass er sein Mandat bezüglich meiner Scheidung aus Gründen der Befangenheit abgibt. Darunter finde ich drei Adressen von Anwälten, die er mir empfiehlt. Mit dem seltsamen Zusatz *Sofern überhaupt noch Bedarf besteht.*

Verdammt, mir wird schon wieder schlecht! Dabei hab ich vorhin erst ... Besorgt presse ich eine Hand auf den Bauch und atme tief durch die Nase ein. Und aus. Und wieder ein. Besser. Jetzt, da ich weiß, woher diese seltsame Übelkeit stammt, muss ich sogar lächeln, sobald sie mich erwischt. Mein Baby. Unser Baby. Bradens Baby. Der Gedanke schnürt mir die Luft ab.

Kann ich ihn mit meinen Worten wirklich so verletzt haben, dass er jetzt nicht mal mehr mit mir reden will? Dass er einfach das Mandat niederlegt, ohne mit mir darüber zu sprechen? Wütend ziehe ich das Handy aus der Tasche und wähle seine Nummer, doch wieder ertönt nur die automatische Ansage. Es ist Freitagvormittag, und Braden hat doch ganz sicher sein Handy nicht ausgeschaltet? Es sei denn, er ist im Gericht, dann muss er ... Die Nummer seines Büros ist nicht eingespeichert, deshalb bleibe ich auf der Straße stehen und rufe die Auskunft an, um mich verbinden zu lassen.

»Kanzlei Braden Bennet, Sie sprechen mit Maggy. Wie kann ich Ihnen helfen?«

»Maggy, hier ist Lilian. Lilian Palmer. Ich muss mit Braden sprechen. Am besten sofort.«

»Lilly! Schön, dass du dich meldest. Was ist los mit euch? Braden ist seit Montag unausstehlich.« Sie senkt die Stimme. »Und ganz ehrlich – ich meine damit, *richtig* unausstehlich. Also viel schlimmer als sonst. Schlimmer als mein Mann, wenn er den ganzen Tag nichts gegessen hat!«

Ich muss schmunzeln. »Ist er denn da? Kann ich ...«

»Tut mir leid, Braden hat einen Termin vor Gericht. Aber in zwei Stunden ist er zurück.«

Ich schaue auf meine Armbanduhr. »Dann komme ich gleich zu euch«, sage ich entschlossen und lege auf. Mir ist kalt, obwohl die Sonne scheint und der Herbst heute eher einem Frühsommer gleicht. Mein Körper fühlt sich steif an. Ich nehme die U-Bahn nach Kensington, obwohl mir von dem Rütteln und den Gerüchen wieder übel wird und ich Panik bekomme, dass ich mich in der Tube übergeben muss. Was zum Glück nicht passiert.

Eine ganze Stunde lang laufe ich ziellos durch die Old Brompton Road und gönne mir noch ein dunkles Schokoladeneis mit Karamellsauce, weil ich an Scoop einfach nie vorbeigehen kann, ohne dort ein Eis zu essen. Dann betrete ich mit weichen Knien die Stufen, die zu Bradens Büro führen, und drücke auf die Klingel. Oben werde ich von Maggy in Empfang genommen.

»Er ist schon wieder zurück, aber ich muss dich warnen – seine Laune ist noch schlimmer als gestern.« Sie zieht ihre schmalen Brauen hoch und wirft mir einen Blick zu.

»Schon gut. Mein Besuch wird das vermutlich auch nicht besser machen«, antworte ich und bete inständig, dass sie mir meine Nervosität nicht ansieht. Mein Herz klopft mir im Hals, und meine Hände sind ganz taub und gefühllos. Obendrein fühlt sich mein Magen an, als ob sich das kleine Eis darin verzehnfacht hätte.

»Na, dann mal viel Spaß.« Maggy verdreht die Augen und klopft an Bradens Tür. »Braden? Hast du Zeit? Eine Mandantin möchte dich sprechen.«

Ein unwirsches Knurren ist die Antwort, was Maggy

aber nicht daran hindert, die Tür aufzureißen und mich in die Höhle des Löwen zu schieben. Mit zitternden Beinen bleibe ich vor der Tür stehen, bis er aufsieht und ein Leuchten über sein düsteres Gesicht huscht. Sein Anblick löst ein sehnsüchtiges Ziehen in meinem Bauch aus. Er ist nicht rasiert, und der Schatten auf seinem Kinn macht ihn noch attraktiver und männlicher als er ohnehin schon ist. Er trägt einen schwarzen, engen Anzug mit weißem Hemd, woran ich deutlich erkenne, dass er vor Gericht war. Ich weiß, wie er in Jeans und Shirt aussieht. In Unterhose. Im Bademantel. Nackt ... Das Flattern in meiner Brust wird heftiger und raubt mir fast den Atem. Es tut weh, ihn zu sehen. Verdammt weh. Damit hatte ich nicht gerechnet.

»Lilly! Was kann ich für dich tun?«, fragt er, nachdem er sich wenige Sekunden später wieder gefangen hat. Sein Blick ist kühl und ungerührt, undurchschaubar. Mit zittrigen Händen ziehe ich den Brief aus meiner Tasche und halte ihn hoch.

»Was soll das?«

»Du hast meine Post bekommen«, stellt er fest und lehnt sich im Stuhl zurück. Seine Pose ist lässig, aber ich entdecke ein Zucken an seinem Kinn, das seine Gestik Lügen straft. Mein Puls beschleunigt sich wieder. »Hat Jonathan sich schon bei dir gemeldet? Wegen der Scheidung?«, frage ich. »Kristen sagt, dass er mir eine Abfindung anbietet und der Scheidung nicht länger widerspricht.«

»War der Test positiv?« Braden senkt den Blick und tut so, als ob er ein Dokument auf dem Schreibtisch begutachtet. Seine Haltung lässt erneut Zorn in mir aufwallen, der sogar die Übelkeit kurzzeitig vergessen lässt.

»Das spielt gar keine Rolle mehr. Wichtig ist doch, dass diese Sache endlich ein Ende hat.« Mit zusammengekniffenen Lippen lege ich den Brief auf seinen Schreibtisch. Dabei beuge ich mich so weit vor, dass ein Schwall seines Aftershaves in meine Nase dringt. Gleichzeitig beugt auch Braden sich zu mir vor. Unsere Gesichter sind nur wenige Zentimeter voneinander entfernt, der große Schreibtisch wie eine unüberwindbare Kluft zwischen uns. Meine Hände kribbeln, eine Gänsehaut huscht über meinen ganzen Körper, als er mich ansieht. Fest.

»Lilly ...«, sagt er leise, während er langsam aufsteht und mir noch weiter entgegenkommt. Mein Herz pocht schneller. Alles in mir schreit danach, die Arme um ihn zu schlingen. Ihn zu küssen. Mich halten zu lassen. Ihm zu sagen, was los ist. Aber dann richtet er sich zu voller Größe auf und starrt von oben auf mich herab. Irritiert blinzelnd richte auch ich mich wieder auf.

»Es freut mich, dass dein Mann zur Einsicht gekommen ist. Aber ich verstehe nicht ganz, warum du dich nun doch von ihm scheiden lassen willst?«

»Wie bitte?« Ich reiße die Augen auf und drücke meine Handtasche gegen den Bauch. »Was meinst du damit?«

»Nun, nachdem du mir so lapidar mitgeteilt hast, dass ihr wieder zusammen seid ...«

»Was?« Mein Kopf schwirrt. Wovon zum Teufel spricht er? »Wann bitte soll ich das denn gesagt haben? Das ist doch absurd, Braden.«

»Du hast mir eine Nachricht geschickt.« Er nimmt sein Handy vom Tisch und tippt darauf herum, dann dreht er das Display zu mir. Mit stockendem Atem lese ich die Nachricht, die eindeutig von mir stammt. Zumindest ist mein Name als Absender angezeigt, da Braden natürlich meine Nummer eingespeichert hat.

»Das ist doch ... Braden, das ist verrückt. Diese Nachricht habe ich nie geschrieben!«

»Nun, womöglich hat sich Jonathan für Kristen entschieden nachdem klar war, dass sie tatsächlich sein Kind erwartet. Und nun kommst du wieder zu mir, weil du nicht allein sein willst.« Seine Kiefer mahlen, und in mir steigt erneut Übelkeit hoch. Diesmal ist sie anders. Mir wird so schlecht, dass ich mich am Tisch festhalten muss.

»Das kannst du nicht ernsthaft glauben«, flüstere ich. »Wenn du das wirklich glaubst ...«

»Was soll ich denn sonst glauben, Lilly? Du schickst mir so eine Nachricht, danach beschimpfst du mich und erklärst mich für einen geldgeilen, egoistischen

Arsch, du meldest dich tagelang nicht bei mir, gehst nicht ans Telefon und antwortest nicht auf meine Nachrichten ... Und jetzt stehst du plötzlich hier, offenbar entschlossen, mich zurückzuerobern, weil dein Mann dich doch hat fallen lassen. So einfach sieht es für mich aus.«

Mein Magen krampft sich zusammen. Ich schnappe nach Luft wie ein Fisch, der versehentlich aus dem Aquarium gehüpft ist.

»Ich habe diese Nachricht nicht geschrieben«, sage ich ruhig und so fest wie möglich, obwohl mir danach ist, zu schreien. Hysterisch zu schreien. »Und du hast dich die ganze Woche nicht bei mir gemeldet. Seit ... seitdem du ...«

»Wie auch immer – du brauchst mich nicht mehr. Es wird keinen Gerichtstermin geben, wenn du die Abfindung annimmst. Die Scheidung ist nur noch ein formaler Akt, dafür reichen deine juristischen Kenntnisse sicher noch aus. Und dann hast du, was du wolltest. Obendrein verdiene ich keinen Penny an deiner Scheidung, was dich sicherlich erfreuen dürfte.«

Seine Worte wirken wie eine Ohrfeige, gleichzeitig verspüre ich eine ohnmächtige Wut, weil ich mir keiner Schuld bewusst bin.

»Braden, ich weiß wirklich nicht, wer dir diese Nachricht geschickt hat, aber ich schwöre, ich war es nicht! Wie konntest du das auch nur eine Sekunde lang glauben?«, frage ich verzweifelt. Er presst seine schönen Lippen zu einem schmalen Strich zusammen. Auf seiner Stirn sind zahlreiche Querfalten zu sehen, seine Augen sind dunkel.

»Ich dachte, du vertraust mir«, sage ich leise. »Wie konntest du nur glauben, dass ich so was tun würde?«

»Oh, ich habe dir vertraut, Lilly. Ich habe dir das Wichtigste gegeben, das ich besitze, und das vor dir noch keine Frau besessen hat. Mein Herz. Aber du bist darauf herumgetrampelt, hast mich bezichtigt, nur an deinem Geld interessiert zu sein. Was genau erwartest du jetzt von mir?«

»Braden ...«, setze ich an, aber als er um den Tisch herumgeht und dicht vor mir stehen bleibt, bleiben mir weitere Worte im Hals stecken. Lieber Himmel, habe ich einen Fehler gemacht? Einen riesigen Fehler? Den schlimmsten Fehler meines Lebens? Meine Kehle ist wie zugeschnürt. Er ist mir so nah, dass ich seinen Atem spüre, der einen Schauer über meinen Rücken jagt.

»Vertrauen wächst nicht über Nacht, Lilly. Aber es ist innerhalb von Sekunden zerstört, wie du doch selbst wissen solltest.«

»Es tut mir leid«, stoße ich hervor. Mein Körper ist erstarrt und eisig.

»Auch eine Enttäuschung ist nur ein Schritt nach vorn. Jedenfalls, wenn sie so endgültig ist«, sagt er leise. Das sehnsüchtige Flackern in Bradens Augen macht mir kurzzeitig Mut, aber es verschwindet ebenso schnell wieder, wie es aufgetaucht ist. Seine Pupillen sind riesig, während er mir fest in die Augen sieht. Mein Herz zieht. Ich will ihm einfach sagen, dass ich schwanger bin, aber ich bringe es nicht über mich. Schaffe es einfach nicht. Meine Angst vor seiner Reaktion ist zu groß. Stattdessen drehe ich mich um und stürme aus seinem Büro, mit brennenden Augen und einem schrecklichen Gefühl im Bauch.

Braden

»Maggy, was soll der Scheiß hier?« Ohne auf ihre Antwort zu warten, lasse ich den Knopf der Sprechanlage los und starre aus dem Fenster. Sekunden später wird meine Bürotür aufgerissen und Maggy sieht mich groß an.

»Sag mal … geht's noch?«

»Da sind zwei Tippfehler in dem beschissenen Brief«, knurre ich und werfe das zerknüllte Blatt vom Schreibtisch auf den Boden. »Schreib den noch mal von vorn.«

Maggy stemmt die Hände in die Hüften. »Braden, ehrlich – so geht das hier nicht weiter. Seit Dienstag verbreitest du eine Laune wie auf einer Beerdigung, und jetzt soll ich auch noch als Prellbock für dich herhalten? Vergiss es! Ich mache Feierabend, schönes Wochenende.«

Kopfschüttelnd dreht sie sich um und knallt die Tür hinter sich zu. Verdammter Mist, ich habe nicht mal meine Assistentin im Griff. Gar nichts habe ich mehr im Griff, seit Lilly wieder in mein Leben getreten ist. Und ich wünschte, sie hätte es nie getan. Hätte mir das hier erspart. Diesen ohnmächtigen Schmerz der Enttäuschung, der mir in allen Gliedern sitzt. Nicht mal zum Sport konnte ich mich diese Woche aufraffen, stattdessen habe ich jeden Abend wie ein Volltrottel auf dem Sofa gesessen und viel zu viel Whisky getrunken. Inzwischen ernähre ich mich von Kaffee und Aspirin.

Ihr Anblick vorhin, so unvermittelt, drohte mich innerlich zu zerreißen. Ihr Bild hat mich die ganze Woche begleitet, aber da sie keine meiner Nachrichten beantwortet und mir vorhin noch mal deutlich gesagt hat, was sie von mir hält, muss ich mich wohl damit abfinden.

Es ist fünf Uhr, und mir ist nach einem Drink. Aber nicht hier im Büro. Nicht allein. Ohne meinen Kalender nach weiteren Terminen zu prüfen, nehme ich mein Sakko von der Stuhllehne und verlasse diese Bude mit den hohen Decken und ebenso hohen Fenstern. Ich muss hier raus. Sofort.

•

Auf dem Weg nach Soho klingelt mein Handy, und natürlich beantworte ich den Anruf reflexartig.

»Bennet«, sage ich nur kurz, ohne hinzusehen.

»Braden, hier ist Stephanie. Ich wollte mit dir ...«

Wortlos lege ich auf und schalte das Telefon zur Sicherheit gleich ganz ab. Mein Puls beschleunigt sich. Nach dem Desaster am Montag ist sie nun wirklich die

Letzte, mit der ich sprechen will. Als sie plötzlich nackt in meiner Wohnung stand, mit gefärbten Haaren, hätte ich ihr am liebsten vor Wut den Hintern versohlt. Es kostete mich keine Überwindung, ihrem nackten Anblick zu widerstehen. Sie hätte in schwarzen Spitzen-Dessous auf meinem Schoß sitzen können, und es wäre absolut nichts passiert. Gar nichts. Daran konnte auch die neue Haarfarbe nichts ändern, die nichts weiter getan hat, als mich schmerzhaft an Lilly zu erinnern und an das, was ich verloren habe. Schwieriger war es, Stephanie wieder loszuwerden, nachdem ich ihr gründlich die Meinung gegeigt hatte. Ich musste ihr tatsächlich mit einer einstweiligen Verfügung drohen. Und was genau sie mit Lilian zu tun hat, war nicht aus ihr herauszukriegen. Irgendwas führt sie im Schilde, das war deutlich, denn sobald ich auch nur Lillys Namen erwähnte, huschte ein mieses Grinsen über ihr Gesicht. Steckt sie womöglich hinter der Nachricht, die Lilly mir geschickt hat? Aber wie zum Teufel sollte sie das angestellt haben? Das ist absurd. Nein, wahrscheinlicher ist es, dass Jonathan was damit zu tun hat.

Genervt drücke ich auf die Hupe, weil der kleine Wagen vor mir an der Ampel nicht in die Gänge kommt.

»Penn zu Hause, du Idiot!«, rufe ich, dann überhole ich mit einem waghalsigen Manöver. Im Radio läuft Linkin Park, ich drehe die Musik laut auf und kurble das Fenster herunter. Es ist nicht wirklich warm draußen, aber ab und zu quält sich die Sonne durch die graue Wolkendecke und blendet mich.

In einem Parkhaus am Rande von Soho stelle ich den Wagen ab. Heute werde ich definitiv nicht mehr fahren. Ich werde mich betrinken, und sollte sich die Gelegenheit ergeben, jemanden abzuschleppen ... warum nicht? Der Gedanke erregt mich nicht. Nicht mal ansatzweise. Weil sich erneut das Bild der einen Frau vor mein inneres Auge schiebt. Der einen Frau, die ich will. Ihr zartes Gesicht, ihr Lächeln, ihre grünen Augen. Die weiße, weiche Haut, ihr Duft, wenn sie sich an mich schmiegt und mich so ansieht, als ob ich ... Mein Schwanz reagiert sofort auf mein Kopfkino und ich frage mich, ob Whisky überhaupt ausreicht, um Lilly aus meinem Kopf zu verbannen.

In der All Bar One in Soho ist der Teufel los, wie üblich am Freitag um diese Zeit. Menschen in Anzügen vermischen sich mit Touristen, die mit ihren iPads hektisch Fotos machen. Ich setze mich mitten in diesem Rummel an die Bar und bestelle einen doppelten Scotch, ohne Eis. Die Menschen um mich herum beachte ich gar nicht. Stattdessen schaue ich aus dem Fenster auf die Straße, und als eine Stunde und drei Scotch später eine rote Haarmähne auftaucht, springe ich wie gestochen von meinem Barhocker auf. War sie das wirklich? Ich reibe mir über den Nacken, leere mein Glas und lege einen großen Geldschein auf die

Theke.

»Stimmt so«, sage ich zu dem diskreten, freundlichen Barkeeper, dann verlasse ich die Bar und sehe mich auf der Straße nach roten Haaren um. Unverkennbar roten Haaren. Nicht mal Stephanie konnte mich mit ihrer neuen Farbe täuschen. Ich schnuppere wie ein Hund, der Witterung aufnehmen will, aber die Straße riecht wie immer nach Bier, dem Zigarettenrauch der unter einer Gaslampe rauchenden Gäste und nach den Ausdünstungen des Chinesen gegenüber. *Du bist ein Trottel*, Bennet, schimpfe ich mit mir selbst. *Als ob du sie hier riechen könntest.*

Langsam gehe ich die Straße runter, in die Richtung, in welche die roten Haare gelaufen sind. Und dann stehe ich plötzlich vor der Kellerbar, deren Schild die nächste *Fuck-Up-Night* verkündet.

Also los, Bennet. Wenn du schon so versagst, kannst du es wenigstens anderen mitteilen. Du bist sowieso der größte Versager der Geschichte.

Lilly

»Ernsthaft, Lilly, das ist doch nicht der richtige Ort hier für zwei schwangere Frauen!« Kristen zieht ihre dünnen Brauen bis zum Haaransatz hoch und wirft mir einen Blick zu.

Ich muss lachen. »Jetzt reg dich mal ab. Ich hab meine Gründe, warum ich dich hierher gebracht habe.«

»Ich bete, dass *Fuckup-Party* nichts Unanständiges bedeutet. Denn ehrlich – ich verstehe, dass du gefrustet bist wegen Braden. Aber das ist kein Grund, dich dem erstbesten Penner an den Hals zu werfen, um mit ihm ...«

»Scht«, zische ich, als der Scheinwerfer auf der Bühne angeht und der langhaarige Typ vom letzten Mal erscheint. Einige Leute applaudieren; im Gegensatz zu letzter Woche ist die Bar heute ziemlich leer. Außer Kristen und mir sitzen nur sieben Leute an einzelnen Tischen herum, und jeder Einzelne sieht aus wie ein Versager. Was kein Wunder ist, denn darum sind wir schließlich hier. Mein Herz pocht heftig, weil ich wirklich nicht der Typ für so was bin. Wenn die Kollegen früher nach der Arbeit in einer Karaoke-Bar versackt sind, hab ich mich rasch verabschiedet. Der Gedanke, auf einer Bühne oder überhaupt vor einer Ansammlung von Menschen irgendetwas tun zu müssen, löst auch jetzt Panik in mir aus. Meine Hände sind klamm und steif, sodass ich es kaum schaffe, das Cola-Glas festzuhalten. Kristen tippt auf ihrem Handy, während der Barbesitzer die Anwesenden begrüßt und kurz erklärt, worum es heute Abend geht.

»Willst du dir den Mist echt anhören?«, flüstert Kristen mir zu, und ich nicke.

»Ja. Und ich werde gleich auf diese Bühne gehen und etwas sagen«, flüstere ich zurück. Kristen bricht in so lautes Lachen aus, dass sich alle anwesenden Leute zu uns umdrehen. Sogar der Typ auf der Bühne bricht kurz irritiert seine Rede ab, fängt sich aber rasch wieder.

»Du? Du willst auf eine Bühne gehen und etwas sagen? Lilly, was zum Geier ist los mit dir?«

»Ich habe das Gefühl, dass es mir guttun wird, aus meiner Komfortzone auszubrechen«, erkläre ich im Flüsterton. »Manchmal muss man sich was trauen, um sich lebendig zu fühlen. Und das hier … ist eine meiner größten Herausforderungen.«

»Allerdings.« Kristen pustet gegen ihre Haare, die ihr ins Gesicht gefallen sind. »Wenn ich mir überlege, dass du deshalb darauf verzichtet hast, Anwältin zu werden ... Weil du Angst davor hattest, vor Gericht etwas sagen zu müssen ...«

Ich straffe meine Schultern und stehe auf. Kristen klappt der Mund auf. Lächelnd drehe ich mich um und gehe entschlossen auf die Bühne zu, wo der Langhaarige gerade nach dem ersten Teilnehmer gefragt hat.

»Ich möchte sprechen«, rufe ich auf meinem Weg und hebe den Arm, obwohl das gar nicht nötig wäre, denn außer mir macht niemand Anstalten, nach vorn zu gehen.

»Sehr schön! Eine junge Dame!« Er reicht mir das Mikrofon und verschwindet nach hinten. Als ich mich umdrehe, blenden mich für ein paar Sekunden die Scheinwerfer. Blinzelnd versuche ich, mich zu orientieren und suche Kristens Gesicht an den Tischen. Doch bevor ich sie entdecke, fällt mein Blick auf jemand anderen, dessen Anblick mein Herz stocken lässt, ehe es zu einem Sprint ansetzt. Ach du liebe Güte, was macht er denn hier? Wieso ist er ...?

Ungeduldige Buh-Rufe aus dem spärlichen Publikum beweisen, dass es zu spät ist für einen Rückzieher. Mir läuft ein mächtiger Schauer über den Rücken, meine Nackenhaare stellen sich auf. Trotzdem bleibt mein Blick an ihm hängen und ich versuche, ihm in die Augen zu sehen, aber es ist zu dunkel in der Bar.

»Hallo«, setze ich an und erschrecke über den Klang meiner eigenen Stimme. Ach du Schande ... das ist ja entsetzlich! Schaurig!

»Hallo«, versuche ich es noch einmal etwas tiefer. »Mein Name ist Lilian Palmer und ich bin hier, weil ich gerade den größten Fehler meines Lebens begangen habe.«

Drei oder vier Leute applaudieren zaghaft, sodass ich eine kurze Atempause einlege. Mein Herz hämmert heftig gegen meine Rippen, und mein Mund fühlt sich an, als hätte ich eine Packung Watte gegessen. Aber ich will das hier jetzt durchziehen. Umso mehr, weil er da ist! Weil Braden da unten sitzt und mir zusieht, als hätte er geahnt, dass ich heute hier sein würde. Hat er? Oder ist es nur Zufall?

»Vertrauen braucht Mut, das hat mir erst vor Kurzem ein sehr kluger Mann gesagt. Ich war aber leider nie besonders mutig. Stattdessen blieb ich fünf Jahre lang mit einem Mann verheiratet, der mich von Anfang an betrogen hat. Weil ich nicht die Richtige für ihn war und er nicht der Richtige für mich. Doch das wollte ich lange nicht einsehen. Ich dachte, es wäre persönliches Versagen, wenn ich es nicht schaffte, eine funktionierende Ehe zu führen.

Daher habe ich jahrelang meine Augen verschlossen vor dem, was wirklich zwischen uns geschah. Denn schon vor meiner Hochzeit habe ich denjenigen getroffen, der mir bis vor kurzem alles bedeutet hat. Es war nur eine Nacht, aber es war eine Nacht, die alles verändert hat. Und als wir vor ein paar Wochen erneut aufeinander trafen, war es so, als wären die letzten fünf

Jahre überhaupt nicht passiert.« Ich lecke mir über die Lippen und räuspere mich, weil meine Stimme brüchig klingt. Aus dem Publikum kommt kein Laut, und ich fixiere immer noch Braden, der so im Schatten sitzt, dass ich seinen Gesichtsausdruck nicht erkennen kann. Immerhin ist er nicht einfach aufgestanden und gegangen!

»Wie so oft habe ich erst wirklich gemerkt, was er mir bedeutet hat, als er weg war. Meinetwegen. Ich habe ihm nicht genug vertraut und ihn verletzt. Ich kann nicht sagen, wie sehr ich das bereue, aber …« Meine Augen brennen. »Es tut mir entsetzlich leid. Ich würde die Uhr gern zurückdrehen und mutiger sein. Mich mehr einlassen. Vielleicht hilft das jemandem hier, der ein Problem mit der Liebe hat. Man muss sich einlassen, auch wenn man Angst davor hat, verletzt oder enttäuscht zu werden. Denn sonst hat man von Anfang an gar keine Chance. Danke.«

Mit zittrigen Knien drehe ich mich um und gehe zum hinteren Rand der Bühne, wo mich der langhaarige Typ lächelnd erwartet. Hinter mir klatschen ein paar Leute, aber das nehme ich nur am Rande wahr.

»Sehr schön. Lilian, richtig?«, fragt der Gastgeber, und ich nicke.

»Ich war letzte Woche hier mit … mit einem …«

»Sie war mit mir hier.« Bradens dunkle Stimme lässt mich herumwirbeln, und sofort fängt mein Puls wieder an zu jagen.

»Lilly …«

»Gott, Braden, ich … Ich wusste nicht, dass du …«

Er kommt mit langen Schritten auf mich zu, und als sein Gesicht endlich von einer Lampe erhellt wird, erkenne ich, dass er lächelt. Nein, er strahlt. So wie ich, als seine Arme sich um meinen Oberkörper schlingen und er mich ganz fest an sich zieht.

»Es tut mir auch leid«, murmelt er an mein Ohr. »Es tut mir so leid. Wenn ich gewusst hätte, dass es dir so wichtig ist, hätte ich Kristen niemals darum gebeten. Ich habe das alles falsch eingeschätzt, und ich war ungeduldig. Es ging mir nie ums Geld, das musst du mir glauben. Aber ich wollte dich. So sehr. Ich wollte dich frei, frei von Jonathan und dieser Scheidung und allem.«

»Braden …« Ich löse mich von ihm und lege den Kopf in den Nacken, um ihn anzusehen. Eine winzige Träne hat sich aus meinem Augenwinkel gelöst, und Braden küsst sie vorsichtig weg. Dann suchen seine Lippen meine, finden sie. Vorn auf der Bühne spricht wieder jemand, aber wir hören beide nicht zu. Versunken in den innigsten, prickelndsten Kuss, den ich je bekommen habe, stehe ich hinter einer muffigen Bühne und bin der glücklichste Mensch der Welt.

Lilly

Er sitzt mir gegenüber auf dem kleinen verschlissenen Sessel in meinem Wohnzimmer, vorgebeugt, die Hände über den Knien gefaltet. Seine Stirn ist gerunzelt, und seine Augen wirken müde. Während der ganzen Taxifahrt nach Camden haben wir versucht, das Rätsel zu entschlüsseln, aber keiner von uns hat so recht begriffen, was eigentlich passiert ist.

»Ich verstehe das nicht«, sage ich. »Wie schon gesagt – ich habe dir die Nachricht natürlich nie geschickt. Und mein Handy war die ganze Zeit bei mir. Moment.«

Ich hole meine Handtasche aus dem Flur und wühle nach meinem Telefon. Als ich es in der Hand halte fällt mir auf, dass ich seit Montag weder Nachrichten noch Anrufe bekommen habe. Das Gerät ist so gut wie tot. Nachdenklich kehre ich zu Braden zurück und lasse mich auf einen Plastikstuhl in der Küchenecke fallen.

»Ich hätte mir denken müssen, dass die Nachricht

nicht von dir kam.« Braden knurrt leise. »Aber sie wurde von deiner Handynummer gesendet. Wer sonst sollte sie also geschickt haben? Ich begreife das nicht.«

»Ich auch nicht«, sage ich. »Vielleicht kann man im Internet eine Kurznachricht mit falschem Absender verschicken? So was gibt es doch heutzutage bestimmt.«

»Es gäbe da jemanden außer Jonathan, dem ich so eine Nummer zutrauen würde. Wenn ich nur wüsste, wie sie das hingekriegt haben könnte …«, murmelt Braden eher mit sich selbst als mit mir.

»Sie?«, frage ich alarmiert und werfe ihm einen Blick zu. Er rutscht auf dem Sessel hin und her, stellt sein Whiskyglas zur Seite. Ich trinke Wasser. Mein Magen verknotet sich bei der Vorstellung, dass ich es ihm wohl irgendwann sagen muss. Besser früher als später.

»Stephanie. Meine … Ex, wenn man so will. Wir hatten keine echte Beziehung, nur eine Vereinbarung. Gelegentlicher Sex ohne Verpflichtungen oder Ansprüche. Allerdings hat sie das leider anders gesehen als ich und ist aus allen Wolken gefallen, als ich unsere Vereinbarung vor ein paar Wochen deinetwegen aufgelöst habe. Sie hat mich einfach nicht in Ruhe gelassen. Bisher hatte ich das Gefühl, sie trotzdem im Griff zu haben, aber dann war sie bei mir und hat von dir gesprochen. Ich hab keine Ahnung, wie sie Kontakt zu dir aufgenommen hat, aber …«

Ich ziehe die Brauen hoch und unterbreche ihn. »Wieso hast du mir das denn nicht schon viel früher erzählt?«

»Weil es nichts bedeutet, Lilly«, erwidert Braden unwirsch. »Ich hatte nie Gefühle für sie. Es ging immer nur um Sex. Jetzt aber stellt sie mir nach, schickt mir Blumen und seltsame Nachrichten, ruft mich mitten in der Nacht an …«

»Du hättest mir das trotzdem sagen müssen, Braden. Ich meine … ich wollte doch alles von dir wissen. Alles, was dich angeht. Was du tust, was dich bewegt … Und dazu gehört doch nun mal auch deine Vergangenheit.«

Er sieht mir ruhig in die Augen. In seiner Wange zuckt ein Muskel. »Ich hatte Angst vor deiner Reaktion. Nach dem, was du gerade durchgemacht hast, wollte ich dich nicht damit belasten.«

Ich stöhne unterdrückt. »Braden, das ist Unsinn. Ich bin kein kleines Mädchen und vertrage die Wahrheit. Ich bin nicht so zerbrechlich, wie du denkst.«

»Tut mir leid, Lilly. Ehrlich.« Er wirft mir einen zerknirschten Blick zu.

»Aber wie um alles in der Welt sollte diese Stephanie an mein Handy gekommen sein? Das ist doch unmöglich«, lenke ich vom Thema ab. Ich denke an Melanie, die am Montag mein Portemonnaie geklaut hat. Am Montag hat Braden diese Nachricht von mir bekommen. Hätte Melanie ihm auch eine Kurznachricht von meinem Handy aus schicken können? Theoretisch ja, als ich auf der Toilette meine Bluse getrocknet habe. Aber was sollte sie mit der Sache zu tun haben? Ist sie vielleicht eine Freundin von Stephanie? Die Gedanken purzeln in meinem Kopf durcheinander und lassen sich nicht sortieren.

»Gib mir mal bitte dein Handy.« Braden steht auf und kommt zu mir. Mit ausgestreckter Hand bleibt er vor mir stehen, und ich lege das Telefon vorsichtig hinein.

»Was hast du vor?«, frage ich, doch er winkt ab.

»Warte. Ich ruf dich eben an.« Er wählt meine Nummer von seinem Telefon aus, und der Freiton ist so laut, dass ich ihn hören kann. Allerdings klingelt mein Handy gar nicht. Stirnrunzelnd legt Braden auf, dann wählt er von meinem Handy aus seine Nummer. Und landet im Nirwana. Er prüft ein paar Einstellungen, meine Hände fangen an zu schwitzen vor Aufregung.

»Hast du irgendwem dein Handy gegeben?« Braden tippt auf dem Display herum und sieht mich nicht an, während er mit mir spricht. Ich schüttle den Kopf.

»Nein, natürlich nicht. Allerdings … Ich war am Montag mit Melanie essen. Und als ich von der Toilette kam habe ich sie dabei erwischt, wie sie sich an meiner Tasche zu schaffen gemacht hat. Vielleicht hat sie die Nachricht …«

»Wer ist Melanie?« Braden hebt den Kopf und sieht mich fragend an. In kurzen Sätzen erkläre ich ihm, woher ich sie kenne und warum ich mit ihr verabredet war.

»Das Seltsamste war … sie hat ihre Haare färben lassen. Rot! Kannst du dir das vorstellen?«

Braden wirkt alarmiert. »Warte einen Moment, bitte. Ich hab eine … oh fuck.«

»Was denn?« Ich springe vom Stuhl und eile zu ihm.

»Das ist doch nicht deine Nummer, oder?«, fragt er und hält mir das Handy hin. Er hat die Funktion *Eigene Nummer anzeigen* gewählt, und die Nummer, die ich auf meinem Display lese, ist mir fremd. Mein Mund klappt auf.

»Offenbar hat jemand eine andere Karte in dein Handy eingelegt und deine SIM-Karte rausgenommen. Deshalb gingen meine Anrufe an dich auch ins Leere, und unter Braden ist eine ganz andere Nummer als meine abgespeichert. Kein Wunder, dass du mich nicht erreichen konntest. Es fehlen auch die meisten deiner Kontakte wie ich sehe. Oder hattest du Jonathan schon gelöscht?«

»Nein, ich … oh Gott.« Stöhnend lasse ich mich wieder auf den Stuhl fallen und vergrabe das Gesicht in den Händen. »Aber wieso? Warum sollte sie das getan haben?«

»Vermutlich heißt Melanie gar nicht Melanie.« Braden spricht eher zu sich selbst als zu mir. »Das werde ich rausfinden. Und wenn das wahr ist …« Er presst die Lippen aufeinander und schüttelt den Kopf. »Stephanie war am Montag bei mir. Sie hat ihre Haare gefärbt, und rate mal, mit welcher Farbe?«

Mein Magen sackt mir in die Knie als mir klar wird, was das bedeutet. Wer Melanie wirklich ist. Ich fühle mich wieder einmal gestalkt und verfolgt.

»Himmel, was ist denn bloß los? Erst Jonathan, jetzt auch noch eine durchgedrehte Ex von dir?«

Braden sieht mich an. »Das ist nicht meine Schuld«, verteidigt er sich.

Ich schnaube. »Nein, natürlich nicht. Nicht alles, worüber ich mich beklage, ist deine Schuld, Braden. Du kannst ja auch nichts für das miese Wetter, oder?«

Er grinst. Dann steht er auf und zieht mich vom Stuhl in seine Arme. Ich höre seinen Herzschlag, als ich den Kopf seitlich gegen seine Brust lehne und mich an ihm festhalte. Wie eine Droge überträgt sich seine Ruhe auf mich und lässt auch meinen Puls ruhiger werden. Ich atme tief ein und aus, mit geschlossenen Augen. Aber meine Beine fühlen sich immer noch wie Wackelpudding an.

»Was sollen wir jetzt tun?«, flüstere ich. Er legt einen Finger unter mein Kinn und hebt es an. Sieht mir in die Augen, fest und lange. Und in seinem Blick liegt so unendlich viel Zuneigung, dass ich schlucken muss. Meine Augen fangen an zu brennen.

»Ich weiß, was ich jetzt gern tun würde«, raunt er mir zu, kurz bevor seine Lippen meine treffen. Rau und warm sind sie, sein Kuss drängend und fordernd. Besitzergreifend. Ich schmiege mich fester an ihn, spüre die keimende Erektion an meinen Hüften, während der Kuss intensiver wird. Leidenschaftlicher. Oh Gott. Ich glaube, die Welt könnte untergehen und Braden und ich hätten nichts Besseres zu tun, als uns zu lieben. Sollte ich mich dafür schämen, dass ich mich in seiner Nähe wie ein Tier benehme? Nein. Ich habe mich lange genug für meine Instinkte geschämt, das ist jetzt nicht mehr nötig. Ich bin eine erwachsene Frau und weiß, was ich will. *Wen* ich will.

»Weißt du, was?« Ich schiebe ihn von mir und streiche eine Haarsträhne hinter mein Ohr. »Man vertraut einem Menschen doch am ehesten, wenn man an seiner Stelle gelogen hätte, er aber die Wahrheit sagt. Oder? Und du hast mir von Stephanie erzählt. Das war groß von dir.«

»Du meinst also, du hättest mir nicht gesagt, wenn es einen Nebenbuhler gäbe?« Braden zieht die Brauen zusammen und streckt die Arme wieder nach mir aus. Als er mich an sich zieht und unsere Gesichter nur noch Millimeter voneinander entfernt sind, ich seinen Atem auf meiner Haut spüre, durchfährt mich das bekannte lustvolle Pochen. Gott, ich will ihn so sehr. So sehr wie keinen Mann vor ihm. Allein der Gedanke, dass ich ihn wieder verlieren könnte, raubt mir den Atem. Löst Schmerzen in meiner Brust aus, die mich schwindelig machen. Vorsichtig streicht er mit dem Finger über meine Wange und sieht mir in die Augen. Seine wunderschönen braunen Augen funkeln.

»Du kennst deinen *Nebenbuhler* doch schon. Und du hast nichts zu befürchten«, flüstere ich. Meine Nasenflügel zittern. »Ich will sowieso nur dich.«

»Du hättest nichts Schöneres sagen können in diesem Moment.« Braden lächelt.

»Warte«, antworte ich leise. »Vielleicht fällt mir ja noch was ein?« Dann stelle ich mich auf die Zehenspitzen und flüstere ihm etwas ins Ohr. Etwas ... Schmutziges. Sein Aufkeuchen lässt mich grinsen.

»Jetzt?«

»Worauf willst du denn warten?«, necke ich ihn. »Dass es dunkler wird?«

Mit drei langen Schritten hat er mich zum Sofa geschoben. Als meine Kniekehlen gegen den Sitz stoßen, knicken meine Beine wie von selbst ein und ich lasse mich einfach fallen, aber nicht, ohne Braden mit mir zu ziehen. Mein Herzschlag beschleunigt sich, meine Hände machen sich selbstständig und greifen in sein Haar, seinen Nacken. Sein Mund liegt auf meinem, der Kuss ist zögerlich, abwartend. Aber ich will nicht länger warten. Meine Fingerspitzen kribbeln vor Verlangen, und ich dringe mit der Zunge in seinen Mund ein. Stoße zu. Spiele mit ihm. Er atmet lauter, seine wachsende Erregung spüre ich deutlich zwischen meinen Schenkeln. Mein Sofa ist schmal und winzig, sodass meine Beine über die Armlehne hängen, aber das stört mich jetzt nicht. Ich würde ihn auch auf dem Fußboden lieben wollen. Auf einem Nagelbrett. Auf Betonboden in einer Kühlhalle. Solange er nur bei mir ist.

»Ich gehe heute nicht weg, Schönheit«, murmelt er hitzig gegen meine Wange, während er mich aus den Klamotten fummelt. »Heute nicht.«

Braden

Mit nur einem Kuss hat sie es geschafft, alle dummen Gedanken auszulöschen. Es ist mir egal, was Stephanie angestellt hat. Es ist mir egal, ob Lilly schon geschieden ist oder nicht. Alles ist egal in diesem Moment. Ihre Stimme in meinem Ohr. Ihr warmer Atem, ihr Duft ... überall.

»Willst du etwa hier schlafen?«, fragt sie, während ich ihren BH-Verschluss öffne und ihre wunderschönen Brüste aus den Körbchen befreie. Hungrig stürze ich mich auf die rosigen Nippel, die sich mir bereits hart und winzig entgegen drängen. Lilly seufzt leise, als ich an ihr sauge und gleichzeitig mit einer Hand ihren Slip über die Hüften ziehe. Ihre Schenkel zittern.

»Von Schlafen war gar nicht die Rede«, murmle ich träge zurück. »Aber ich werde dich die ganze Nacht lang lieben. Du wirst mich heute nicht los.«

»Braden, ich ...«, will sie einwenden, doch meine Hand zwischen ihren Beinen bringt sie zum Schweigen. Ihr Atem wird lauter. Schneller. Vorsichtig streiche ich durch ihren Schritt, spüre die Feuchtigkeit, die sich dort gebildet hat. Der Gedanke, dass ich dafür verantwortlich bin, erregt mich. Ebenso sehr wie ihr Duft. Ich küsse sie. Hart. Genieße das Gefühl der wachsenden Nässe zwischen ihren Beinen, während wir uns lange und intensiv küssen. Dann ziehe ich sie weiter aus, bis sie ganz nackt unter mir auf dem Sofa liegt. Ich löse die Haarspange, genieße den Anblick der seidigen roten Haare, die vorn über ihre Schultern fallen. Zwischen ihren Beinen kniend betrachte ich sie. Lange. Ihre Brüste heben und senken sich im Takt ihres Atems, ihre Wangen sind gerötet. Sie ist so wunderschön. Ich verliere mich, wenn ich sie ansehe. Ich könnte das die ganze Nacht lang tun. Sie einfach nur ansehen.

»Komm her«, flüstert sie und will mich zu sich ziehen, aber ich weigere mich. Rutsche vom Sofa, ziehe mich aus, dann schiebe ich auf dem Sitz vor mir so zurecht, dass ich sie lecken kann. Lilly schließt die Augen, als meine Zunge ihre feuchte Pussy trifft und stöhnt auf.

»Gott, Braden«, flüstert sie. »Du machst mich wahnsinnig. Du machst mich ... oh Gott.«

Ich lecke sie, bis sie kurz davor ist, zu kommen. Dann krieche ich aufs Sofa, lege mich hinter sie und schlinge einen Arm um ihren Bauch, um sie festzuhalten. Schnurrend schmiegt sie ihren Rücken an mich. Mein Schwanz zuckt gegen ihre Pobacken, als ich vorsichtig ihre Beine etwas spreize. Sie hilft mir, drückt den Rücken durch und kommt mir entgegen, sodass ich wie von selbst in sie eindringe. Langsam und sanft. Dieser Moment! Wenn ihre Pussy mich umarmt, ich die warme Feuchtigkeit erobere, als wäre mein Schwanz nur dafür gemacht, sie zu lieben. In ihr zu sein. Wieder und wieder will ich ihn auskosten und wiederhole es. Lasse ihn aus ihr heraus rutschen, dringe wieder ein. Ihr Keuchen wird schneller, unruhig schiebt sie mir ihren Hintern entgegen.

»Bitte, Braden«, flüstert sie atemlos. »Gott, bitte. Bleib.«

Ich bleibe in ihr. Bewege meine Hüften gegen ihr Becken, in kreisenden, ruhigen Bewegungen. Sie erschauert in meinem Arm, als ich meine Finger nach oben wandern lasse und ihre Brustwarzen liebkose. Mit der anderen Hand gleite ich von vorn zwischen ihre Beine, massiere die harte Perle, bis ich das sanfte Zucken spüre, das ihren Höhepunkt ankündigt. Ich lasse meine Finger auf ihr, und sie dreht ihren Kopf zu mir, sodass ich sie küssen kann. Ihr Rücken fest gegen meinen Körper geschmiegt, so fest. Tief und langsam stoße ich zu, halte sie, damit sie nicht vom Sofa rutscht, während ich ihren Kitzler reibe. Fester. Schneller. Ihr Atem wird zu einem heiseren Stöhnen, das mich anmacht. Mein Schwanz zuckt in ihrer feuchten Enge, aber ich will noch nicht kommen. Ich will, dass *sie* kommt. Nur sie.

»Komm für mich, meine Schöne«, flüstere ich von

hinten in ihr Ohr. Sauge an ihrem Ohrläppchen und beiße in ihren Nacken, weil ich weiß, dass sie das mag. »Du bist so schön, wenn du kommst. Ich will es spüren. Überall.«

Ihre Hände gleiten nach hinten, tasten nach mir, um sich festzuhalten.

»Du fühlst dich so verdammt gut an. Du fühlst dich so perfekt an. Und ich will, dass du mir gehörst, Lilly. Nur mir.« Wieder stoße ich zu. Fester, etwas schneller, während ich ihr süße Worte ins Ohr flüstere und meine Finger zwischen ihren Schenkeln zaubern lasse.

»Ich will doch nur dich, Braden«, stammelt sie. Die Worte purzeln hektisch aus ihrem Mund, jeder Atemzug eine Silbe. »Oh Gott, ja, ich komme. Ich komme. Ich komme!«

Mein Herz rast. Mein Schwanz ist so hart, dass er schmerzt, aber ich höre nicht auf. Ich stoße weiter sanft zu, als der Höhepunkt alles in ihr zucken und zittern lässt. Beiße mir fest auf die Lippe, um noch nicht zu kommen. Ich will das hier. Das hier. Länger. Für immer.

Lilly

Tatsächlich lässt er erst im Morgengrauen von mir ab. Um Mitternacht habe ich aufgehört, meine Höhepunkte zu zählen. Wir haben es überall getan – auf der Couch, auf dem Fußboden in Hündchen-Stellung, in der Dusche, auf dem Küchentisch, und zuletzt auch noch im Bett. Bradens Atem ist ruhig, sein Brustkorb hebt und senkt sich unter mir. Trotzdem ruht mein Kopf auf seiner Brust, damit ich ihn einatmen kann. Diesen süßen, herben Duft, den Menschen beim Sex verströmen. Den besten Beweis dieser unfassbaren Gier, die wir aufeinander verspüren.

Ich lausche seinem Herzschlag, und wie von selbst scheint mein Puls seinem zu folgen.

»Was machen wir jetzt?«, frage ich vorsichtig.

»Was meinst du?« Braden hebt den Kopf und legt seine Hände auf meinen Rücken. Wir sind beide nackt unter meiner kratzigen Decke.

»Ich meine wegen Melanie oder Stephanie oder wie auch immer sie nun heißt. Und wegen der Scheidung.

Ach, ich weiß auch nicht. Es ist alles so viel.« Seufzend schließe ich die Augen und versuche, die Nachwehen meiner vielen Höhepunkte zu genießen statt die blöden Gedanken zuzulassen, die sich auf einmal wieder Bahn brechen wollen. Ich habe jetzt schon einen schrecklichen Muskelkater in den Oberschenkeln und fühle mich wund zwischen den Beinen. Angenehm wund.

»Lass uns morgen darüber reden. Okay? Ich bin ehrlich gesagt ein wenig ... müde.« Er gähnt wie zur Bekräftigung, und ich kneife ihn in die Taille.

»Hey! Hab ich dir denn überhaupt erlaubt, bei mir zu schlafen?«

»Du wirst mich doch nicht im Morgengrauen auf die Straße setzen, Prinzessin?«, fragt Braden gespielt empört. »Das wäre wirklich ... infam. Ich könnte es vor Gericht gegen dich verwenden, als grausame Härte.«

»Oh, da spricht Mr Bennet, der harte Anwalt«, sage ich grinsend und hebe den Kopf, um ihn anzusehen.

»Tut mir leid, Schönheit. So gern ich auch würde, aber ... hart wird hier heute nichts mehr, fürchte ich.« Er blickt an sich runter und zwinkert mir zu.

»Braden, ich ... Ich muss dir etwas sagen«, setze ich vorsichtig an und richte mich auf.

»Bitte, ich möchte heute nur noch schmutzige Dinge aus deinem schönen Mund hören.«

»Tut mir leid, aber das ... Es ist wirklich wichtig.« Mein Herz pocht wieder schneller, und ich knete meine Finger, während ich auf seine Reaktion warte. Er sieht mich fragend an.

»Ich bin schwanger«, flüstere ich. Atemlos beobachte ich ihn, doch sein Gesicht bleibt reglos. Wie eine Maske. Was zum …?

»Ist das dein Ernst?«, fragt er dann, und ich nicke.

»Lilly, das ist … oh verdammt. Wieso hast du mir das nicht gesagt, bevor wir …?« Er stöhnt auf.

»Bevor wir was? Ich weiß nicht, was …«

»Bevor du mir erlaubt hast, dich quer über den Fußboden zu vögeln.«

Ich muss grinsen. »Das ist doch nicht schlimm, Braden, es ist noch sehr früh und …«

»Aber ich wollte nie, dass das Erste, was mein Kind von mir zu sehen kriegt, ausgerechnet mein Schwanz ist! Herrgott.« Er schlägt sich gegen die Stirn, und ich breche in Gelächter aus, als er mich plötzlich ruckartig auf sich zieht und küsst.

»Ich liebe dich, Lilly«, raunt er. »So sehr. Und ich freue mich auf das, was wir da gemacht haben. Es ist großartig. Das Großartigste, das mir jemals eine Frau gesagt hat.« Ich erschauere in seinem Arm und kuschle mich fest an ihn.

»Du hättest mir kein schöneres Geschenk machen können.«

Es fühlt sich gut an, bei ihm zu liegen. So warm und weich und beschützend. Kein Zentimeter trennt unsere

Körper voneinander, Beine und Arme sind zu einem menschlichen Knoten verschlungen. Bradens Hand ruht warm und fest auf meinem Bauch, als ob er dort etwas beschützen wollte. Ich kann nicht einschlafen. Obwohl ich müde und erschöpft bin summt so viel Aufregung durch mein Blut, dass ich keine Ruhe finde.

Stattdessen warte ich, bis seine Atemzüge seltener und tiefer werden und sein Arm von mir rutscht. Dann richte ich mich vorsichtig auf, stütze das Kinn auf die Hand und betrachte ihn. Sanftes Mondlicht fällt durchs Fenster und lässt seine Gesichtszüge weich erscheinen. Mein Herz klopft schneller, in meiner Brust breitet sich ein sehnsüchtiges Ziehen aus. Warum bemerke ich jetzt erst, dass zwischen Jonathan und mir von Anfang an etwas gefehlt hat? Wieso kann man Dinge erst richtig einschätzen, wenn man einen Vergleich hat? Und warum wirkt so vieles auf einmal nüchtern und schal, nur weil etwas anderes so viel besser ist?

Es ist ja nicht so, als ob ich die Zeit mit Jonathan gar nicht genossen hätte. Es gab viele gute Tage, vor allem in unserem ersten Jahr. Aber verglichen mit dem, was ich in Bradens Nähe empfinde, wirken die damaligen Gefühle fad wie ungesalzene Suppe. Man sollte sich eben nur fallen lassen, wenn man sicher ist, aufgefangen zu werden. Und bei Braden spüre ich genau diese Sicherheit, die ich bei Jonathan nie hatte.

Dabei weiß ich noch immer nicht besonders viel

über Braden. Ich weiß, dass er als erfolgreicher Anwalt eine eigene Kanzlei und dazu eine wunderschöne Wohnung in Mayfair besitzt. Ich weiß, dass er ein kleiner Chaot ist und es selbst hasst, sich aber selten genug im Griff hat, um etwas daran zu ändern. Er liebt wie ich Meeresfrüchte und hasst rohes Gemüse. Er verbringt seinen Urlaub lieber damit, Länder zu erkunden und richtig zu bereisen, als in einem teuren Club in der Sonne zu schmoren.

Und ich freue mich jetzt schon darauf, genau das mit ihm gemeinsam zu erleben. Die Urlaube mit Jonathan waren entsetzlich langweilig für mich, weil er mich fast den ganzen Tag allein gelassen hat. Während er segeln war, lag ich am Strand und las ein Buch nach dem anderen. Dabei hätte ich mir viel lieber die Orte angesehen, die wir bereist hatten, aber er wollte mich allein nicht losziehen lassen.

Braden ist sportlich und gern aktiv in seiner Freizeit, kann aber auch einen gemütlichen Couchabend mit einem Film oder Buch genießen. Er arbeitet zu viel und ernährt sich zu ungesund. Und er will Kinder. Dieses Kind. Mit mir.

Mein Herz macht seltsame Hüpfer in meiner Brust, als ob es losfliegen wollte. Ich streiche Braden eine Haarsträhne aus der Stirn; seine Frisur ist vom Sex verwüstet, und jetzt, wie er so neben mir liegt und den seligen Schlaf eines befriedigten Mannes schläft, verspüre ich zusätzlich zu der Leidenschaft, die mich bei seinem Anblick ergreift, auch noch eine weiche Zärtlichkeit. *Kinder. Familie.*

Gott, wie sehr habe ich mir das gewünscht. In meinem Alter wollte ich eigentlich längst Mutter sein, das war immer mein Ziel. Ich wollte eine Halbtagsstelle als Anwältin haben und mich ansonsten um meine Kinder und das Haus kümmern. Ich liebe es, alles herzurichten und aufzuräumen. Im Garten zu wühlen und mich um andere zu sorgen. Um eine Familie. Auf einmal scheint dieser Traum zum Greifen nah.

Seufzend schließe ich die Augen, lege meinen Kopf wieder auf Bradens Brust und folge seinen ruhigen Atemzügen, bis mich endlich und viel zu spät wohliger Schlaf übermannt.

Lilly

Meine Nägel sind bis auf die Nagelhaut abgekaut, als Braden am Nachmittag endlich zurückkommt. »Und?«, frage ich ungeduldig. Er lächelt. Wie gut er aussieht in seinem Freizeit-Look. Tief auf den Hüften sitzende Jeans, die am Oberschenkel eng anliegen. Unrasiert. Ein T-Shirt, dass die Formen seines Oberkörpers nicht nur erahnen lässt. Und sein Haar ist wirr, als wäre er sich mehrmals mit der Hand durchgefahren. Was vermutlich stimmt. Ich liebe es, wenn er nachdenkt und das macht.

»Sie hat alles zugegeben. Hier ist deine Handykarte. Deine richtige, natürlich.«

»Oh Gottseidank«, entfährt es mir, als Braden mir den Chip in die Hand drückt. »War sie …?«

»Es war nicht leicht, aber sie hat mich hoffentlich verstanden, als ich ihr meinen Antrag auf eine einstweilige Verfügung in die Hand gedrückt habe. Sie darf sich damit künftig weder mir noch dir auf weniger als hundert Meter nähern. Außerdem weiß sie jetzt, dass wir ein Kind erwarten. Das hat sie dann schließlich wohl zur Räson gebracht, bevor ich noch deutlicher werden musste.«

»Sie tut mir leid«, gebe ich zu und stopfe den Chip achtlos in die Hosentasche. »Ich wünschte, ich könnte ihr irgendwie helfen.«

»Manchmal ist das Ende von etwas nur der Anfang von etwas viel Besserem. Auch für Stephanie, hoffe ich, denn es hätte so oder so keine Zukunft für uns gegeben. Von daher ist es gut für sie, dass die Sache jetzt endlich ein Ende hat.« Braden zieht mich an sich. Seine Augen funkeln. »Und das gilt auch für uns, denn ich habe hier noch etwas für dich.«

Aus der Hosentasche zaubert er ein Papier, das ich ihm irritiert abnehme. »Die Scheidungsurkunde? Woher hast du denn so schnell …?«

»Als dein Anwalt habe ich Jonathans Angebot einfach angenommen, und er hat auch sofort unterschrieben. In Anbetracht der Umstände dachte ich … Du bekommst eine halbe Million als Abfindung. Das ist nicht die Welt und deutlich weniger als dir zusteht, aber …«

»Es ist mehr als genug«, unterbreche ich ihn grinsend und lege das wichtige Dokument sorgfältig zur Seite. »Mehr, als ich zu hoffen gewagt hatte und mehr, als ich brauche.«

»Falls du trotzdem noch an einem Job interessierst bist … Ich meine, du bist ja jetzt quasi reich und erwartest ein Kind und könntest dich also ausruhen. Solltest dich natürlich auch ausruhen, dafür werde ich schon sorgen. Aber falls dir das zu langweilig ist – mein Angebot neulich war sehr ernst gemeint. Ich bin mir sicher, dass du eine hervorragende Scheidungsanwältin abgeben würdest.«

Ich laufe knallrot an. »Mal sehen«, sage ich ausweichend. »Das geht alles so schnell.«

»Ich bin eben ungeduldig.« Er lacht und legt seine Arme um meine Taille. Dann hebt er mich hoch und trägt mich zur Tür. »Deshalb entführe ich dich jetzt auch in deine zukünftige Wohnung.«

»Was?«, rufe ich entsetzt, die Arme fest um seine Schultern geschlungen. Ich fühle mich ein bisschen seekrank, aber trotzdem beschützt. Wie immer in seiner Nähe.

»Du glaubst doch nicht, dass mein Kind in dieser winzigen Bude in Camden, direkt unter einem spannenden Kiffer aufwachsen wird? Niemals. Vorübergehend ziehst du zu mir, und später suchen wir uns gemeinsam etwas Familientaugliches weiter draußen. Ich dachte an Richmond? Wenn du willst.«

Er schiebt die Tür mit dem Fuß zu und geht mit mir zur Treppe. Panisch klammere ich mich an ihm fest.

»Du willst, dass ich mit dir ins Grüne ziehe?«, frage ich, während Braden langsam nach unten geht. »Das kann nicht dein Ernst sein.«

»Es ist mein voller Ernst. Wir suchen uns ein hübsches Haus mit Garten, direkt am Park. Und dann mache ich dir noch ganz viele Babys. So viele du willst.« Kichernd vergrabe ich das Gesicht in seiner Halsbeuge und atme seinen vertrauten Duft tief in mich ein. Draußen ist es sonnig und kühl, aber mir ist warm. Heiß. Braden setzt mich wie eine Puppe in sein Auto und schließt den Gurt. Natürlich nicht, ohne mich zu küssen.

»Ich liebe dich«, flüstere ich ihm zu.

»Ich liebe dich auch, Schönheit«, raunt er zurück. »Du machst mich so unfassbar glücklich.«

Braden

Epilog

Seltsame Geräusche dringen aus dem Büro, als ich nach einem Termin die Treppe raufgehe. Verdutzt öffne ich die Tür und finde meine wunderschöne Frau mit dem Rücken zu mir vor Maggys Schreibtisch stehend. Neben ihr steht Ben, ihr ehemaliger Nachbar aus Camden, und er spricht ... mit Mr Rutherford. In seltsamen, gutturalen Lauten. Als sie mich hört, dreht Lilly sich mit einem strahlenden Lächeln um und kommt auf mich zu.

»Ich hab einen Dolmetscher geholt«, flüstert sie mir zu. »Das hat ihm sehr gefallen, er ist wieder gesprächsbereit.«

Ihr Bauch streift meinen Arm, und sofort wird mir warm. Nur noch acht Wochen, dann werden wir endlich ein Baby in den Armen halten. Unser Baby. Mit Lilly ist bei mir der Frühling eingezogen, die ehemals nüchterne Wohnung ist voller Blumen und

Nippes, und in jedem Raum stehen Duftstäbchen.

»Das ist gut«, flüstere ich zurück, während ich irritiert den Tönen zuhöre, die die beiden miteinander austauschen. Mrs Rutherford verdreht die Augen, mischt sich aber nicht ein. Stattdessen zwinkert sie mir zu. Seit Monaten sehe ich zum ersten Mal so was wie ein Lächeln in ihren Augen.

»Ich hab dir doch gesagt, dass du eine hervorragende Scheidungsanwältin sein wirst«, sage ich zu Lilly und ziehe sie mit mir in mein Büro, wo ich die Tür hinter uns schließe. Die Laute dringen jetzt nur noch gedämpft zu uns, was gut ist.

»Und ich hätte nie gedacht, dass mir der Job so viel Spaß machen würde!« Sie lacht. Ihre Wangen sind gerötet und ihre Augen glänzen. Seitdem sie schwanger ist und jeden Tag mit mir hier im Büro verbringt, ist sie noch schöner geworden. Ihr rotes Haar fällt seidig über die Schultern, und natürlich muss ich sofort mit den Fingern hindurchfahren, während ich sie an meine Hüften ziehe. Ihr Bauch trennt unsere Oberkörper voneinander, dennoch lege ich beide Hände um ihr schönes, schmales Gesicht und halte es fest, bevor ich sie küsse.

»Kristen und Jonathan haben uns zum Essen eingeladen. Die kleine Lucy soll nächsten Monat getauft werden und Kristen hat gefragt, ob ich Patentante werden möchte.«

»Und? Möchtest du?«, frage ich, ohne sie loszulassen.

Lilly nickt. »Unbedingt, ja. Sie ist das entzückendste Baby, das ich je gesehen habe.«

»Nicht mehr lange. In zwei Monaten wirst du ein noch viel entzückenderes Baby in den Armen halten, denn es wird hoffentlich deine Haare und deine Augen bekommen.« Kichernd schmiegt sie ihr Gesicht an meine Brust. Ich spüre, dass sie tief einatmet. Die kleine türkisfarbene Schachtel in meiner Anzugtasche wiegt schwer. Während draußen die Debatten auf Klingonisch weitergehen, ziehe ich sie vorsichtig heraus und halte sie Lilly hin.

»Ich weiß, dass die Arbeit hier desillusionierend ist. So viele ehemals glückliche Paare, die sich scheiden lassen. Oft wegen Kleinigkeiten wie einem Hund.«

»Einem Hund?« Lilly hebt die Brauen, ohne den Blick von der Schachtel zu nehmen. Ihre Hände zittern leicht, ich spüre es an meinem Rücken. Und mein Herz klopft so heftig, dass mir schwindelig wird.

»Manche Leute schaffen sich einen Hund an«, erkläre ich lächelnd. »Dann fällt dem Ehemann plötzlich auf, dass der Hund der Einzige im Haus ist, der sich über seine Rückkehr freut. Und dann ...«

»Oh Gott.« Sie beißt sich auf die Lippe und hebt den Blick. Ihre tiefgrünen Augen sehen mich an. »Braden?«

»Entschuldige, ich bin abgeschweift. Was ich sagen wollte ... Mir ist klar, dass du bereits eine Ehe hinter dir hast. Und deine Erfahrungen damit waren vielleicht nicht die Besten. Gleichzeitig bin ich selbst kein großer Anhänger dieser Tradition, aber trotzdem ... Na ja, ich dachte, wir ...«

»Braden, bitte!« Lilly verdreht die Augen. »Komm auf den Punkt! Himmel.«

»Okay, ja! Tut mir leid. Ich ... verdammt, mir fehlen die Worte. Das passiert mir wirklich selten, aber ich ...«

»Ja.« Ihre Mundwinkel zucken amüsiert. »Ja, ich will.«

»Was?« Irritiert reibe ich mir den Nacken. Lilly nimmt mir die Schachtel ab und öffnet sie. Dann klappt ihr Mund auf, als sie den funkelnden Diamanten auf dem Tiffany-Ring sieht. Ihre Augen füllen sich mit Tränen.

»Ich will dich heiraten, Braden. Unbedingt. Nach der Geburt, denn ich will das engste und schönste Brautkleid tragen, das ich finden kann. Für dich.«

»Oh Gott, wie ich dich liebe«, murmle ich. Die Erleichterung über ihre Antwort jagt mir warme Schauer über den Rücken. Ich nehme ihr Gesicht wieder in beide Hände und küsse sie, zärtlich und leidenschaftlich.

Vertrauen kommt von trauen und erfordert Mut. Ich bin der mutigste Mann der Welt ...

• O •

Danke!

Liebe Leserin, lieber Leser (ja, mir ist zu Ohren gekommen, dass es auch ein paar männliche Leser meiner Bücher gibt, die ich hiermit ganz herzlich grüße)! Der Erfolg meiner kleinen Novelle *Mad about you* Anfang des Jahres hat mich ehrlich gesagt überrascht. Aber offenbar haben einige von Ihnen Lilly und Braden so ins Herz geschlossen, dass mich immer wieder Rufe nach einer Fortsetzung erreichten.

Ich hoffe, diese kleine Fortsetzung hat Ihren Geschmack getroffen und Ihre noch offenen Fragen aus dem ersten Teil beantwortet. Mir war nicht klar, dass das halboffene Ende einer Novelle so viele LeserInnen unruhig zurücklassen würde :)

In jedem Fall bedanke ich mich ganz herzlich bei Ihnen. Dafür, dass Sie meine Bücher kaufen und lesen. Für Ihre lieben Nachrichten und E-Mails, die mich nach wie vor täglich erreichen. Vor ein paar Jahren hätte ich mir nicht träumen lassen, dass mal überhaupt jemand meine Bücher lesen wird, und heute blicke ich auf mehr als ein Dutzend Bücher zurück, die ihre Leser gefunden haben. Das ist oft unvorstellbar, aber immer ein tolles Gefühl. Danke!

Ich freue mich jedenfalls wie immer sehr über Ihr Feedback und natürlich auch über eine Bewertung, wenn Ihnen der Kurzroman gefallen hat, denn damit helfen Sie unabhängigen Autorinnen wie mir sehr.

Schließlich sind Empfehlungen von Lesern die beste Werbung, die man sich als Autorin wünschen kann (und darüber hinaus auch die schönste Form von Applaus für uns, die wir den ganzen Tag einsam im stillen Kämmerlein sitzen und schreiben).

Gern können Sie mir auch eine E-Mail schicken und mir Ihre Meinung persönlich mitteilen. Das direkte Leserfeedback ist mir sehr wichtig und ich beantworte jede Nachricht.

Sie erreichen mich über meine Webseite

www.katelynfaith.de

oder via Facebook

www.facebook.com/autorinkatelynfaith

Falls Sie die Geschichte mochten, werfen Sie doch mal einen Blick in meine anderen Romane. Vielleicht ist ja noch etwas dabei, das Ihren Geschmack trifft?

Alles Liebe!

Katelyn Faith

Weitere Bücher von Katelyn Faith

Gefährliche Verlockung – Der Jahres-Bestseller 2013

Reich, unverschämt und unverschämt gut aussehend – dieser Mann ist Gift. Emmas Herz bleibt beinahe stehen, als sie auf einer Auktion das lange verschollene Halsband ihrer Urgroßmutter sieht. Sie muss es haben! Doch frecherweise wird sie von jemandem überboten, dem Geld völlig egal zu sein scheint. Und wer hat ihr das Andenken vor der Nase weggeschnappt? Ausgerechnet Jason Hall, ihr ehemaliger Highschool-Schwarm. Leider sieht Jason noch immer so gut aus wie damals, und zu Emmas Entsetzen macht er ihr ein unmoralisches Angebot, wie sie das Schmuckstück zurückerobern kann. Emma weiß: Wenn sie bei Verstand bleiben will, sollte sie sich besser von Jason fernhalten. Aber kann sie etwas gegen seine Anziehungskraft ausrichten?

Sexy, quirlig, undwiderstehlich: der berauschende E-Book-Erfolg von Katelyn Faith.

Das Taschenbuch erschien im Juli 2013 im Rowohlt-Verlag.

Fesselnde Liebe 1+2

Gwendolyn Hamlin liebt Literatur und verabscheut Schund. Als sie auf der Buchmesse über das Lieblingsbuch ihrer besten Freundin lästert, wird sie dabei von keinem Geringeren als Adrian Moore, dem Autor des Bestsellers, belauscht. Zu ihrem Entsetzen unterbreitet er ihr später ein Angebot, das die vernünftige Gwen unmöglich ablehnen kann.
Doch schon bald stellt sie fest, dass sich hinter der attraktiven Fassade des Künstlers Geheimnisse verbergen, die sie erschauern lassen. Wird sie seiner charismatischen Anziehungskraft widerstehen können?

Unsichtbare Fesseln – erschienen am 1.9.2014

Endlich ist es der schüchternen Buchhalterin Ella gelungen, eine schmerzvolle Vergangenheit hinter sich zu lassen. Sie liebt ihr ruhiges, beschauliches Leben in der anonymen Großstadt London – bis der neue Nachbar Dave ihren geordneten Alltag gehörig durcheinanderbringt. Der tätowierte Musiker raubt ihr nachts lautstark Schlaf und Nerven! Denn im Gegensatz zu seiner Nachbarin scheint er sich bestens mit Sex auszukennen. Vielleicht kann er dem spröden Mathegenie Ella helfen, endlich ihren Kollegen Sean für sich zu interessieren? Aber seine Ratschläge haben folgenschwere Auswirkungen, nicht nur auf Ella ...

Pleasure Business – Verführung

Pleasure Business – Versuchung (erscheint Ende 2014)

Pleasure Business – Verlangen (erscheint im Frühjahr 2015)

In der neuen Buchreihe geht es um Frauen in einem ziemlich heißen Gewerbe – dem Pleasure Business. Sie besitzen Erotikgeschäfte, designen Sextoys, veranstalten edle Erotikpartys für Schöne und Reiche, tanzen, schreiben erotische Romane oder produzieren Erotikfilme für Frauen ...
So unterschiedlich wie die Berufe in diesem Business sind auch die Frauen, die damit arbeiten.

Band 1 – Verführung – erschien im Juni 2014. Alle Romane der Reihe sind in sich abgeschlossen und können unabhängig voneinander gelesen wird.

Alicia Sinclair ist Produktdesignerin und Gründerin von Mila, einem kleinen Unternehmen, das hochwertige Designer-Sextoys für Frauen herstellt. Die Firma steckt allerdings in einer dicken Krise, aus der nur noch ein Investor helfen kann. Evan Hawk von der renommierten Diamond Group ist gegen die Idee seines Chefs, ausgerechnet in ein Unternehmen aus dem *Pleasure Business* zu investieren.
Alicia beschließt, ihn mit Hilfe ihrer weiblichen Waffen zu überzeugen. Doch plötzlich muss sie feststellen: Wer mit dem Feuer spielt, läuft auch Gefahr, sich zu verbrennen ...

5056218R00131

Printed in Germany
by Amazon Distribution
GmbH, Leipzig